我台北 我街道 2

那些所有一切的並存

My Taipei, My Street

李金蓮
主編

目錄

編者序　那些所有一切的並存

李金蓮

史前時期，這裡的人臨水岸捕抓魚蝦貝類謀生，於是，現今的圓山留下一座貝塚，垃圾堆成為人們存活的印記，跨越時空，向今人傳遞時間的軌跡。

邇後，台北建城，城樓鵲起，人們出城入城，往來於大稻埕與艋舺兩端，曾經的三市街已成歷史，從文獻堆裡探出頭來的，是身影綽綽頻繁行走的一幅日常生活的圖景。

跳躍到上世紀八〇、九〇年代，信義計劃區開發，台北城華麗轉身，成了現代都會，男性雄風般的一〇一雄據一方，藝術、文學、音樂、電影、無盡的夜生活，滾滾浪潮，喧聲昂揚。來到了屬於我的時代，我在裡面，多數時候，我其實在外面。

成長的緣故，我習慣冷眼旁觀。幼年時，住在貧窮且封閉的眷村，甚少接觸到「外界」，唯一的外界是學校，唯一通往學校的聯通道，是沿著新店溪的河堤。十七歲時讀小說，一男一女，扛著一台打字機，在夏日烈陽灼燙的永和河邊的石籠上，絮絮說著話。愚魯如我，此時才開始有了對於「外面的世界」的想望，想像著當我正在河堤邊坡，採摘野生的扶桑花，吸吮花蕊裡量少微甜的蜜汁時，那河的對岸正在發生的愛情。生活環境某個程度形塑了人的品質；日後，我養成在台北街巷間有如一縷遊魂般地散步遊走，眼下吸引我的，盡是那幼年欠缺的「外面的世界」。我的腳步放得很緩，思緒飄飄盪盪，五感靈敏的逡巡：不遠處巷口二樓燈光與人影交錯晃動，我靠過去，一班劇組正在拍電影；巷的深處，傳來悠悠的月琴聲，我靠過去，雅致宅邸裡國寶級布袋戲大師正在操偶練曲；夜暗的騎樓下，身著銀行服的男女就著小食攤的方桌，認真交談，我靠過去，偷窺桌面放置的肉圓甜不辣臭豆腐蚵仔麵線；龍山寺廟前廣場，沉睡的遊民趴靠著家當，我靠過去，赫然看見雜物堆裡有隻隱喻的鳥籠，那是家或是有待實現的自由；然後，一群狼人圍繞著西瓜攤張口囫圇，這回，我遠遠相望，一片血紅色的汁水淋漓。這些台北的人們啊……。

長期以來，台北於我，是外面的世界，我習慣靠近一點去看它，但再怎麼靠近，它還是外面，具有外面世界的新鮮感與陌生感。那些我行過的街巷裡，沒有故事，僅有片片斷斷的浮光掠影、以及想像。

因為這保持距離的個性，當木馬文化邀我擔任《我台北，我街道2》的主編時，誠然是惶恐的，對於一個搬離了台北，車過華江橋立刻萌生進城焦慮的人，我資格待疑。

那，是什麼隱隱吸引著我呢？

《我台北，我街道》書寫計畫，係從《我香港，我街道》（共二冊）而來。該書由香港文學館主編，邀請作家以一條香港的街道，來進行創作，後由木馬出版推出繁體版。作家們以文字書寫，意欲留住消逝中的香港的身影。成書後，我是這兩本書的讀者，為香港命運焦心的我，也想擁有被文字留住的香港。

閱讀的過程中，感知冥冥變化，彷彿意義新生，文字，不只是留住，更多的是探掘；是這無盡的探掘，為我們重新形塑了一座精彩而永恆的城市吧？對於信奉文字的人，這變動的世間還有什麼比起文字，更讓人面向自己、面向世界，而直通事物的核心？

然後，台北也有了由作家胡晴舫主編的《我台北，我街道》，收錄陳雨航、駱以軍、馬世芳、楊佳嫻、言叔夏……等作家的大作。胡晴舫在編者序中提出一個疑問：「香港書寫有其時代迫切性，台北怕是目前沒有，為何此時此刻的台北需要被書寫？」

來到《我台北，我街道2》，我仍然問著同樣的問題。

應聘來台教學的香港作家陳慧，在《我香港，我街道2》推薦序中說：「翌年搬到南京東路，七樓推窗外望，覺得像極小時候所住彌敦道上的風景……」「一年之後，搬到同區的林森北路小巷……廖偉棠、曹疏影來探望我，疏影站在小陽台伸頭看街上，說，好似灣仔……」

我被這段敘述嚇住了。原來，台北很多地方酷似香港？——這是我從未理解過的自我投射的情感。於是，我想起歷史遺跡裡留下貝塚城樓的人們；想起我一九四九年隨大移民潮長居台北的父親；想起我由南北漂的另一半；想起龍山寺前的遊牧族；想起馬華文學；想起來自各個國家的勞動者；想起正在努力融入台灣社會的香港新移民……。台北是許多時間因素形成的城市，是來自不同地方的人們的寄託之地，存活之地。人類的根性是流浪的，我們流浪到了台北，落居下來，將自我放置與投射其中。隨著時間的流動，這座盆地擁有了歷史、記憶、與生活，值得書寫，也任誰奪不走它。我忽略台北久矣，此刻，我想走得深一點，我想多聽一聽台北人的故事，想確切靠近台北人的靈魂深處。

就這樣，承接《我香港，我街道》（共二冊）和《我台北，我街道》，我莽撞地應允接編《我台北，我街道2》。我從自己的局限與貪婪出發，邀約我尊敬的作家們同來書寫。我甚至跳出文學同溫層，邀約了精神科醫師、建築文資工作者、政治工作者、藝術家、前衛音樂人，加入筆陣。在陸續傳來的大作中，我扮演聆聽者，那些我不在裡面的世界，填補了我匱乏的生命經驗；偶爾我則是在裡面的人，對號入座自己的曾經。我也感同身受那些被現代性巨大城市掩蓋的：成長的探索、微痛的回憶、畸零的人生，以及努力存活的印記……。台北並非全如敦化南北路辦公大樓般的傲岸偉立，那外面的裡面的、明處的暗處的，我們學習理解它所有一切的並存。這是《我台北，我街道2》。

衷心感謝受邀的作者，謝謝你們將寶貴的台北經驗，以詩、散文、小說的文學形式，分享給我與讀者，你們都是在這裡認認真真生活過的人。

在此，我至誠的邀請讀者，來到這片熟悉又陌生的土地，穿過表象的街市，以文字的閱讀，溫慰這「辛苦活下來所遭遇的一切」（〈世紀末台北喝酒故事〉，徐淑卿）。

緣信大稻埕

屈臣氏
迪化街一
32巷
A.S.WATSON & Co.
屈臣氏大藥房

藍鵲南路

羅智成

經過林蔭大道的人
說他們確實看見了
我也開始懷疑先前
掠過眼角那抹藍影
幾乎不是來自視覺
而更接近某種預感
於是先於事實與謠言
我飛竄於樟樹、榕樹

菩提與鳳凰木之間
招搖黑白相間的雀尾
但不記得是否叼到
那枚被誤認的金幣

然後我飛回二樓窗內
若無其事地為妳
續點一杯熱美式
接著猶溫的話題
談無以為繼的青春
久無音訊的友人，但
一直分心於窗外的動靜

綿延至機場的樹蔭
隨著漸醒的季節膨脹
像洶湧的綠色濃雲
掩沒枝椏間跳動的飛禽
隔絕了市囂和人們
匆促茫然的身影
讓我和城市二樓得以
假裝不在這座城市地
活在自己的想像裡

「你知道在幾十年前

在我們年輕的時候
林蔭大道還沒有二段
這裡還是一片稻田嗎？」
像被戳中一顆隱藏的粉刺
我想起了W
那時我們在菜園與芒草
圍繞的林厝鑽進鑽出
架著攝影機捕捉一隻
美人蕉下的白鷺鷥
那時基隆河還沒改道
瑠公圳還沒加蓋
復旦橋還在

最後，一隻蜜蜂前來干涉
我們的拍攝工作草草收場

有些人的城市記憶
緊隨東西翻轉的軸線
有些則沿著江邊擱淺的
貿易或歷史動線
我的城市記憶卻總被
最不相干的奇想銘刻
例如透過閱讀去靠近
人類文明遙遠的鬧區
例如刻意繞道女孩的門牌

藉以保留一處完整的秘境
我們其實是用一種
近乎杜撰城市的方式
來逃離這座城市

像藍鵲耿耿於懷於
一枚被誤認的金幣
他的導航地圖從此走樣
不再是岡巒樹叢和囓齒動物
而是本不屬於他生命裡的
好奇、探究與陌生景觀
但城市自有它的路徑

就像每個人自有
他自己的城市

台北蝸居者

詹宏志

我年輕時求學來到台北，從此捲入紅塵，不覺一住已近半個世紀（中間只有一小段時間客寓在紐約），當然我偶而也出門旅行，或長或短，甚至樂而忘返，但台北終究是我稱為「回家」的那個地方……。

雖說是家，但我在台北搬過很多次家（算了一下，一共十四次），家的地理位置其實也有點飄浮不定。早些時候家好像只是倦極棲睡之處，醒來時我在台北大街小巷到處穿行，尋尋覓覓，東張西望，充滿好奇；如今的家好像用膠黏著了，不再搬遷了，我自己也不太到處走動了，台北還是每天都在那裡，從家裡的落地窗望出去，滄海桑田就在我眼前演化著，捷運開通，建物更迭，高架橋豎起，天際線變動，而我在報刊雜誌網路上也略知她每天有許多新鮮事發生，我偶而也心動了一下，但大部分什麼行動也沒發生，我只是蝸居在斗室之內。我很好，我知道台北也好得很，只是彼此相忘，我已經不怎麼使用她了。

我自認是熱愛台北的，任何說台北壞話的朋友或敵人，都會得到我激昂、迂迴、溫情或戲謔的滔滔辯護，我也自認是台北的一道風景，各色遠方的朋友千里迢迢來到台北，他們有的主要目的確實是來看我，順便驗證一下我所描述的「我城」是否真如我所說得那麼有意思。

這些外國朋友有的會被我帶到濱江市場，有的會被我帶到華西街或迪化街，有的則帶去故宮博物院或誠品書店，前提要看他們是怎麼樣的人；我手上當然也有一張名單，列著可以把這些朋友帶去的餐廳、路邊攤、甜點店、咖啡店，對於上述的場所與店鋪，我有自己一套滾瓜爛熟、天花亂墜的故事與台詞，我希望這些朋友衷心感到歡喜和驚奇（我也會安排各種派對，讓他們認識台北若干言談有味的人物），他們會說：「哇，詹，謝謝你，我們從來不知道台北這麼有趣，我一定還要再來。」我點頭笑納，內心有旁白：「你是第二百四十七個上當的人。」

但我現在自己每日使用的台北僅佔真正台北很小的一塊（連形狀都破碎得難以說明，只是幾個小點而已），我不再是那個尋尋覓覓的發現者了，我大部分時間像蜷伏在沙發上的一隻貓，世界的存在只是一個概念，跟我沒什麼關係。我心目中那些美好的台北街道恐怕真實世界都早已不在，也許我更應該坦白招供，我熱愛的可能不是有地理意義的現實台北，而是有著自己青春時光的台北殘影。

譬如說吧，台北的永康街如今是一條時髦的觀光街區，我在永康街界隈住了十幾年，彼時它還沒有熱鬧起來，路上不會遇見遊客，都是上街買菜洗頭的熟面孔街坊鄰居；現在改成古物市集的昭和町，當時還是蔬果豐沛、肉魚兼俱的錦安市場，菜販與我們相熟，我的岳母年事已高，有時候她不想提重物，就打電話請菜販送菜或水果過來；蔬果小販也不是永遠老實，有時候菜籃底層藏了一些已不甚新鮮的材料，老太太不開心，第二天帶著爛掉的果物跑到攤販面前，丟下東西說：「喏，這個請你吃。」吵歸吵，誰也沒換掉誰，東西照樣每天買，還是相互依賴的老鄰居。

我也總是穿著短褲拖鞋就提著鍋子去公園旁的攤販買米粉湯，有一次不料迎面走來同屬近鄰的天后歌手蔡琴，而她旁邊竟然陪著香港巨星張國榮，我對自己的衣冠不整感到羞慚，但還是硬著頭皮驅前打招呼，蔡琴熱情地幫忙介紹：「這就是我常跟你提到的……。」張國榮眼露光彩，滿臉堆著燦爛的笑容，緊握住我的手：「太榮幸了，謝謝你幫我寫的歌。」我知道他把我當成梁弘志了，但手提滾燙米粉湯的我無暇辯解，只好尷尬說：「不客氣，不客氣。」

但永康街後來就熱鬧起來，酒吧開始出現了，夜裡會有喧譁的客人，文青創意小物的店頭開始冒出來，賣鍋子刷子的雜貨店開始退出去，我早上散步去吃台式乾麵的小店也關門了，西服裁縫的洋服店還在，但熟客已經少了，師傅脖子上掛著皮尺站在門口，看到我忍不住招徠說：「詹先生，你好久沒做襯衫了，進來看看料子吧。」輕狎安適的舊住宅區轉身變成新鮮時尚萌發之地，我知道我應該搬家了。

如今我住在信義路上一棟年歲已高的公寓（有時候覺得有「都更」之必要），我慢慢變成不太出門的蝸居者，我的太太過世之後，家中連客人也少了。我每天上班下班，清貓砂備貓糧，自己做飯煮咖啡，連咖啡店也很少坐了。我在住處附近做大部分的事，在固定的店鋪買麵包，買台式麵包去百合園，買歐式麵包去Purebread，我在固定的小七領取網購來的包裹⋯⋯。

我仍然會用到台北的某些地方，譬如我在濱江市場與信維市場買菜；我到中山北路的「御鼎屋」買「信功豬肉」，在內湖的「美福超市」買Snake River Farms的熟成沙朗牛排；請朋友吃日本料理時，我選擇到「高玉」或「子元」；請朋友吃法國菜的時候，我選擇到「派翠克」；吃中菜的時候，我喜歡去「三分俗氣」或「天香樓」；吃台菜的時候，我選擇到「山海樓」或「明福」；吃早餐的時候，我會想到「賣麵炎仔」或涼州街的無名米粉湯小攤⋯⋯。我只去記憶中的店鋪，我不再探索與發現了。

正當我以為人生大概就這樣了，沒有什麼不開心，也沒有什麼不甘心，我在台北見過大風大浪，也在這裡看過水柱與鐵絲網的街頭風暴，更在這裡看到既激情又平靜的政權交替；我在這裡娶妻生子，交往各種聰慧多聞的朋友，我樂於與我的城市和平相處，也不介意偶而走上街頭參加遊行，我很高興能夠終老於此，這是一個安逸、安全且舒適的蝸居之地。

但人生不是這樣的，心如止水的時刻也總有小石子引起的漣漪，讓生活出現一場不曾預期的小冒險。

才在不久前，毫無心理準備地我領到了台北市民「敬老卡」，正式成為官方認證的老人（社工人員還在門口留下一張傳單，提醒我獨居老人的種種風險），一時之間我有點悲欣交集，悲的是，這麼快了嗎？我已經老了嗎？我的青春時光都用完了嗎？我心中嚮往想像的各種狂野壞事都還沒來得及做，我就要走入暮年了嗎？喜的是，人生來到一個好像可以卸下重擔的時刻，我做什麼不負責任的決定似乎都有了更好的理由；更何況，原來老人有這麼一些明確的福利……。

其中有一項福利是搭乘捷運和公車都只要半價，每個月還在卡片中儲存了四百八十元供你使用。拿到卡片那一天晚上，我覺得應該出去走走，試試這不要錢的捷運或公車，坐一趟遠一點的路程，但去那裡呢？淡水？北投？還是沒有目的地，就這麼讓列車帶著你，胡亂繞一圈，看看台北的夜景也好？我平日有開不完的會，跑不完的行程，但突然要變成一個舒國治，放空放鬆，漫步閒逛，一下子想不出要去那裡？

突然想起不久前才讀過洪愛珠的《老派少女購物路線》，靈光乍現，那就到蘆洲去走走好了。進了離家不遠的地鐵站，敬老卡就是悠遊卡，嗶聲一刷，閘門就開了，進了車廂，列車搖晃地走著，在東門站換了車，再慢慢搖到了三民高中站下車。來到蘆洲，想的當然是一碗湯清味鮮的切仔麵，我記得昔日曾經喜歡的小店，叫做「大象切仔麵」，記得它乾乾淨淨的黑白切，但到得店門口，店門卻是關的，才想起從前都是上午來吃。不過，蘆洲是切仔麵勝地，名店如雲，依照書中提及的訊息，也立即在湧蓮寺附近找到了替代。

吃完了豐盛的切仔麵與黑白切，又逛了一會兒疫情中仍然香火鼎盛的湧蓮寺，繼續跟隨書本所說，走進市場中，找到「怪老子青草茶」，買了一杯青草茶，這曾經是我童年時的標準飲品，如今竟也多年未嚐了。喝了青草茶，再信步來到傳統餅舖「龍鳳堂」，餅舖花式眾多，眼花撩亂，貪心地買了蛋黃酥、咖哩酥、綠豆椪、紅龜、麻粩，滿滿一大袋；找到附近小公園一條長凳，坐下來先吃掉一個綠豆椪。然後又在夜市裡充滿興味地一攤一攤觀看，但什麼也吃不下了。

逛了一個多年未去的城市村落，提著一袋餅回家，對蝸居者來說，這已經是我難得的台北驚奇之旅。不要為我感到哀傷，我的安靜與無聊其實是我的安身立命之道，我擁有的未來不多（但誰又知道呢？），但有足夠的過去可以反芻回味。我只要安靜蝸在沙發上就好，別再給世界增加麻煩了。台北還會繼續改變吧？她終將變得我一點也不認識，但這又何妨？我的大半人生都與一個名叫台北的城市相連，她構成了我所有奮鬥求活的舞台，她也默默成為我所有悲歡離合的布景，我的所有記憶都包括一個昏黃照片般的台北街頭，如果台北可以有自己的記憶，我也希望她記得我這一個曾經在此努力活過的年輕人……。

走在一場電影裡

李桐豪

大約是去年秋天，疫情在歷時一整個初夏的燃燒後得到抑制，城市解除三級警戒，社交活動稍稍恢復，美術館、電影院、動物園都可以去了。在一個週間的下午去西門町國賓看《月老》試片，一個人自閉久了，與上百名觀眾齊聚一堂，置身哄堂大笑所匯集的巨大聲浪之中，竟也起了陣陣雞皮疙瘩。散場後，有些嘴饞，突然想吃康定路一甲子焢肉飯，從電影院所在的成都路到康定路，中國地圖中兩個相隔三百多公里的城市，在這個城市其實也不過兩、三條街的距離，巷弄裡兜兜轉轉，沿途想著九把刀精巧的劇本和台詞、柯震東的美貌與本色演出、還有劇中那隻很搶戲的米克斯大狗，走岔了路渾然不知，待回過神來，才發現自己站在一個市場出入口。

眼前是一條甬道，黑壓壓的如同洞穴，甬道盡處有光亮，是另外一個出入口。鑽進市場，彷彿一隻昆蟲不由自主地趨向光亮處，好奇地想知道光明的盡頭是什麼。下午的市場沒有人，水果攤、肉鋪皆已收攤，唯獨越南人的美甲店兀自亮著燈，虛弱的日光燈卻照不亮黯淡的市場。空氣中有濃濃血腥氣和油耗味，眼前有個日本料理鋪子，不知是已過了營業時間，還是尚未開張，望之非常淒清。尋思那鋪子看上去眼熟，像是在哪裡見過，下一秒，頓時血潮澎湃，耳畔一陣轟轟然的耳鳴，「啊，那是電影裡柯震東打工的日本料理店啊！」直興市場海鱻味刺。

電影散場走進現實裡，低頭回味著電影奇幻的劇情，一個抬頭，發現自己還在電影裡面。

那樣的魔幻感受並未因為鑽出市集而消散，拐進另一個曲折的騎樓，「初極狹，才通人。復行數十步，豁然開朗」，走到西昌街口，簡直不敢相信自己的眼睛所見：

週間的下午三、四點，人潮絡繹不絕——過半是老人。是了，那是西昌街「賊仔市」，賣貨人在街道中央席地而坐，隨意鋪著瓦楞紙板，就在上頭擺著來路不明的高粱酒、香菸、普洱茶餅、茶壺、葉啟田卡帶、日本AV色情光碟……多半是些無用的廢物。說是老人與舊貨構成的時光廢墟一點也不為過。

自國賓戲院散場，成都路、康定路、西昌街，一路都是奇遇，走到龍山寺，坐在廟門對街的廣場，曬著暖烘烘的太陽，心裡懶洋洋的，腦中盤點著那些在電影場景裡看電影的奇特經驗：在威秀看完《一一》、《瀑布》、西門町看完《月老》、《六號出口》……這大概是定居台北的華語電影愛好者，獨有的、幸福的共時性。

「我所有王家衛、周星馳、蔡明亮都是在電影院看首映呢。」一回，跟小一輪的電影發燒友聊天，突然撂下這樣一句狠話，那口氣不無炫耀的意味，但能在華語電影的盛世之中度過青春期，確實是一件值得關注得說嘴的事。《海灘的一天》、《青梅竹馬》、《戀戀風塵》台灣新電影的興盛，余生也晚，未能躬逢其盛，但自己的的確確在牯嶺街少年的年紀看過《牯嶺街少年殺人事件》，在青少年哪吒的年紀看過《青少年哪吒》，自己的青春年少與一整個時代對時，彷彿就能白頭到老。

少年時光在台南讀中學，彼時，未有週休二日，星期六仍要上半天課。下午放學沒有誰捨得回家，同學們相約去打球打電動，本事大一點的，和外校的女生聯誼，然而那些花團錦簇的熱鬧行程、活動的笑聲歌聲，全然與自己無關，我只能逃遁到電影院或者出租店，在一本又一本的武俠小說或電影當中打發難堪的時光。

「我在台南無聊的要命，每天可以看幾十本武俠小說。後來，我叫他們去幫我租最厚的小說來看，其它的武俠書名都不記得了，只記得一本《戰爭與和平》。」在中國城大戲院當中聽見牯嶺街少年在電影中講出這樣的台詞，簡直是自己心聲。黃飛鴻李連杰、小馬哥周潤發、捍衛戰士湯姆克魯斯……大銀幕上盡是閃閃發亮的大明星，供小粉絲們崇拜與迷戀，可有一次在延平戲院看了一部國片，主角不是劍法高明的劍客或槍法神準的警探，只是一個拒絕聯考的青少年，其貌不揚的青少年在台北街頭晃來晃去，拿課本打蟑螂、拿圓規劃破他人的機車坐墊，那電影就是《青少年哪吒》。自己那些難堪的孤單的不可告人的情緒被攤在大銀幕上，記住了，那個電影的導演叫蔡明亮，演員叫李康生，感覺被理解了、被安慰了，後來，大學聯考志願全填北部的學校，因為覺得遠方有同類。

其後，如願考上淡水的學校，在他方展開生活，那感覺很好，甚至比自己預期的還要好。平日在學校上課讀小說，假日就搭客運到北門塔城街，散步到西門町。東至中華路、西至康定路、北至漢口街、南至成都路，西門町沿襲日治時代的舊地名，可馬路全是中國西南省份地名，一九四九年國民政府來台，把中國地名重疊臺北城行政圖，頗有毋忘在莒，收拾舊山河的企圖心。初抵這城市行走其間不至迷路，除了拜高中地理課將秋海棠地圖背得熟爛，腦海尚有一張電影版圖。

中華商場拆了，西門町天橋還在。天橋上沒有魔術師，天橋上有周潤發。《英雄本色》兄弟在台灣遭暗殺，小馬哥來台尋仇，他在天橋倚著欄杆讀著《中國時報》，天橋下有火車轟轟轟的經過。天橋一階一階走下去，就是紅樓戲院，就是《戀戀風塵》辛樹芬工作的裁縫店。至於周潤發身後掛滿看板的建築就則是新世界大戲院。建築的背後，即《青少年哪吒》少年少女混跡的萬年冰宮和美食地下街、獅子林電影院，蔡明亮和他的西門町。

都說楊德昌善拍台北，他的《青梅竹馬》英文片名就是*Taipei Story*，都從六〇年代城南牯嶺街到八〇年代城北迪化街，從九〇年代東區TGI Fridays到公元兩千年的信義區華納威秀，終其一生也只拍台北，可在當時，覺得他電影中的人物太中產、太光鮮，自己更寧可把情感投射蔡明亮膠卷裡的西門町，畸零的、邊緣的、彷彿一個不留神就會跌入深淵。

邊緣的、畸零的西門町。周潤發劇照的新世界大戲院，在很久很久以後將會變成誠品商場、變成H&M旗艦店。但在我讀書的那個年代，它的黃金店面是麥當勞。某一次，等著看真善美早場電影的空檔，在麥當勞吃早餐。聽見鄰桌有三個老人正竊竊私語議論一旁的女孩。女孩穿著髒汙的桃紅色體育服，傻呼呼咬著碎肉漢堡。老人們說，女孩懷孕了，不知道是誰的孽種呦……講到孽種的時候還特地壓低聲音，口氣好像東方三博士在討論伯利恆星星下即將有聖嬰降世。老人們說女孩是智障，只要請她吃漢堡，就可以搞她，多輕易的事情呀。在速食店裡，性與漢堡的交易同樣容易，也是一個看完電影的傍晚，我在麥當勞吃薯條喝可樂，有老人湊過來問：「小弟弟幾歲了啊？我帶你去吃大車輪，買球鞋好不好？」

聽見自己嘟囔了一句「Fuck」，留下沒吃完的晚餐，豁然起身，那行徑絕非對同性慾望的嫌惡，畢竟，在慾望漲潮的晚上，自己也在漢士三溫暖，仰賴另外一個陌生人的慈悲。那一聲「Fuck」，是嫌惡老人這樣在大庭廣眾之下把自己揪出來，一點禮貌也沒有。

紅包場、電動遊戲間、男來店女來電電話交友中心、MTV、那個邊緣的、畸零的西門町總有各式各樣的去處，可以安頓鰥寡孤獨廢疾者的慾望，當然，還有三溫暖。往往是在那樣寂寞的夜晚吧，低著頭匆匆走進一家又一家的慾望的澡堂，彩虹、大番、漢士、皇宮、北歐館。按下了面板上的亮燈，電梯哐當哐當緩緩向上吊，一環日光燈管稀微的閃爍，似乎快要斷氣。面板上貼著的一枚小小的鏡子，上面漆著專業搬家專業捉姦錄音。電梯面版的燈亮在該停的樓層，而老舊的電梯遲疑了五六秒，宛若舞台紅色厚重的天鵝絨布幕緩緩拉開，肉體的廢墟。

在那裡，隨時可見老人們彷彿枯藤老樹一樣札根在那裡。老人們一直都在，躲在暗房通鋪裡或蒸汽室，等待一個落單男孩的誤入歧途，他們或蹲或跪，領受年輕男孩的體液和唾沫。凝視與被凝視，權柄始終掌握在最青春、最貌美的那個男孩。青春無敵的少年披上了國王華麗新衣，身邊升起如露亦如電的七彩夢幻泡影，赤腳踩過淋浴間的磁磚都開出了鹹濕的玫瑰，少年走向了浴池，優雅的登基，也就宣布了整個肉體廢墟的統治權。

當然不是每次都能嚐到甜頭，然而每一次的敗興而歸，總要告訴自己，下一次再來，那個人就會出現了吧。一次次的落空，一次次自我欺騙，如同毒癮者一樣的惡性循環。某個盛夏週末的黃昏，孤單與海綿體一樣膨脹得隱隱生疼，躲進了一家三溫暖。厭惡地甩開老人友善的手，企圖握住另外一個更青春的。慾望的追求往往是這樣，年輕的推開年老的，但自己也被更年輕的給推開。醜惡之下是更醜惡，美貌之上是更美貌，一次又一次被拒絕了，等於把自己往醜惡的深淵往下推，一個晚上的追逐，累了、乏了，穿上衣服，離開三溫暖，飄飄渺渺晃到電影院，隨意買一張票進場，那場電影，我記得，是蔡明亮的《河流》。

失能失衡的家庭，父子、夫妻日常裡無話可說，爸爸兒子最終在那樣殘敗的三溫暖相見。那是人生觀影經驗最「噁心」的一次了，所謂「噁心」並非是好惡評價，而是真真切切起了某種不舒服的生理反應。自己癱坐在座椅上，脊椎一節一節地發涼，反胃、想吐。心裡那些不可告人的、難堪的慾望全被攤在銀幕上了。自慾望的三溫暖敗陣下來，逃遁到電影院去，未料等待自己是另外一座三溫暖。那電影是一場太荒涼的惡夢，但惡夢並未隨著演職員表字幕跑動，戲院燈光變亮而醒來，電影散場走出電影院，三溫暖、天橋、茶樓，我還受困電影的時空裡，武昌街、峨眉街、成都路、在巷弄兜兜轉轉，明明是夏夜，但身體卻陣陣發抖，其時，捷運仍在大興土木，中華路開腸破肚，處處圍起鋼板鐵籬笆，路徑曲曲折折，籬笆上頭一閃一閃亮著紅色警示燈，置身其中，彷彿《封神演義》的奪命陣法，愛的天絕陣、寂寞的地烈陣、孤單的寒冰陣、情感的落魂陣，我逃不了了，那是在西門町看蔡明亮的電影，獨特的、哀傷的共時性。

西門町的荒涼人間地被自己走成了一座荒蕪的大安森林公園。電影讓人難受，但電影也給人安慰。銀幕上有楊貴媚幫你嚎啕大哭，有李康生歷經慾望劫毀，醒在一個狹小的旅館房間，他拉開窗簾，畫面之外隱約有鳥鳴與車流聲，他抬起頭，陽光灑在他臉上，也灑在看電影的人的心上。

永康街回憶

陳嘉新

二十世紀的最後十年，我在台北。

起初在台大的不同宿舍落腳：男十一舍、男八舍、男二舍，也跟同學、朋友在外住過。大四那年，我搬出學校宿舍，短暫盤桓於金山南路、仁愛路口旁的分租公寓，一個人住。接下來一年，看著對面教會「神愛世人」的招牌，聽著川流不息的車水馬龍，耳朵因此學會了篩掉外界的噪音，只聆聽內心的囈語。分租公寓裡住戶混雜，我碰過幾次警察臨檢，深覺此地不宜久居，便又尋往他處。最後搬到永康街巷內一個頂樓加蓋的房間，生活便安靜許多。我在此待了醫學院的最後兩年半，然後進醫院工作兼受訓四年，完成專科訓練，在二十一世紀的第一年轉任海邊的卡夫卡醫院主治醫師，離開了台北城。

那十年的生活雖說在台北，嚴格來說，只侷限在中正區與大安區，其他區塊都少去，也沒興趣去。剛去台北的時候，我坐一號公車去台北醫學院找我姊，公車沿基隆路刷過一幕幕的陌生城景，而後轉入莊敬路。當時若再向東望過去……我不記得曾經看到過些什麼。彼時的信義區大半就像是網路遊戲裡地圖的邊緣，邊緣外面是還沒有被城市／程式設定的空間。大一時，有個筆友說她住在內湖文德路。我查了地圖，完全不能想像她怎麼住這麼遠，每天要搭個把鐘頭的公車上學。

總之是個生活範圍很侷限的十年啊。醫學院的生活，無非讀書、背書加考試，寫詩、戀愛兼無病呻吟；畢業後到醫院工作，上班下班看病人，聽人間愁苦、說八卦兼不知如何是好。大概這樣就說完了我那十年的主要活動。

回想那十年，多半是些無關緊要的細小回憶。如果這次沒有寫下，以後也沒有動機記錄起來；就算寫下了，也可能看過就忘。但就算是平凡無奇的生活印痕，這些故事卻是唯一能夠證明我在彼時彼刻真實活過的證據。我現在已經不從事臨床工作，也不習慣別人以「醫師」稱呼我。不過如果說過去的精神科執業經驗真教過我一些東西的話，那教訓就是每個人都有故事，每段故事都值得聆聽，就算最終還是被遺忘，也好。就像在風中伸手抓住一小塊棉絮，然後又放手讓它飛去。

永康街住家的巷口有一個賣韭菜盒子的攤子，或許也賣牛肉、豬肉餡餅之類的東西，但是我好像總是買韭菜盒子。攤子通常由午後擺到傍晚。主人是個皮膚黝黑、體格略顯消瘦的中年男子。他比我矮一些，短髮有微微的捲度，下頷微寬且方，或許以前幹過不少體力活。他不常笑，總微微皺著眉頭，眼睛灼亮亮地盯著平底鍋上的韭菜盒子，像是這韭菜盒子欠他什麼、不讓他好過似的，而他準備用眼神就把盒子給煎熟，韭菜盒子終究沒有辜負了他的寄託，數度翻覆之後，每個盒子表面都泛著焦脆的黃褐光澤，隱隱透露著內裡的青綠滋味。彼時一個大概是二十五塊錢上下，剛好可以當成我下午回家時提供飽足感的點心。我常常買一個韭菜盒子，拎著熱呼呼的紙袋上樓，然後咬開它，讓冒上來的蒸氣朦朧了我的眼鏡。

永康街具有世紀末台北特有的一種溫亮的黃色光芒，像是永遠停留在夕陽西下、華燈初上的那片刻。這區有著飲食小吃、衣服美妝、咖啡酒館，以及不知打哪兒來的人出出入入；永康公園旁邊的小攤子更是聚集著酒醉飯飽或是純粹閒逛的人群，公園裡小朋友溜滑梯，老年人坐著閒扯淡。我的住處不能煮飯，但也不太可能一個人就進去鼎泰豐、高記、秀蘭小館大快朵頤，所以我常去幾步之遙的誠記越南麵、鴻興餃子館、台南蝦仁肉圓吃些東西。如果要包便當或吃燒臘，也有好幾家可以選。對於二十幾歲的我來說，可以吃、可以逛、可以睡覺，實在別無所求。說起來韭菜盒子可能不是什麼絕妙小吃，但是對於當時的我來說，剛剛好。

當時沒有什麼「小確幸」的講法，也不是什麼太平盛世。九六年的飛彈危機，還引起社會恐慌了好一陣子。後來的七二九全台大停電、九二一地震、兩千年的總統大選加上台灣第一次政黨交替，我都在永康街的頂樓加蓋度過。回想飛彈落海的那幾天，我剛好在東北角某個衛生所見習，隔天看到報導時，才發現我差一點就被捲入了歷史事件的中心（這當然是誇飾）。回到台北住處後，順手買個韭菜盒子吃，順便跟老闆聊起前兩天的飛彈事件。

「啊，你做醫生啊？」他訝異地問。

「我？還沒畢業啦。」我搔搔頭，很不像的意思嗎？

「做醫生好啦，無像我按呢做嘎流血流汗。」他把韭菜盒子裝到紙袋，拿給我。

「醫生的生活嘛有艱苦的所在啦。」我接過紙袋，但其實不知道我自己在講甚麼。醫生的生活真有比賣韭菜盒子辛苦嗎？我不確定。

「嘛是啦。」他倒是信了。那天下午的陽光灑在他的臉上，我注意到他瞳孔有點混濁，眼白有點黃。我想是輕微的白內障，也許還有點黃疸？不過我收束起醫學訓練的慣習，不多說。我拿了韭菜盒子，經過卡瓦利咖啡館，進了旁邊的公寓門口，爬上樓梯回到租屋處，順便跟房東打個招呼。他把頂樓加蓋隔出兩個房間，一間租給我，另一個房間拿來當成他做進出口貿易的辦公室。彼時我仍有抽菸的習慣，一天一包。簽約時我誠實以告，房東只問說：「吸菸沒關係，沒吸毒吧？」

「沒有沒有，當然沒有。」我回答。那時候哪想得到後來我在卡夫卡醫院的經驗，還真的引領我去做了毒品相關的博士論文。

卡瓦利裡面總有些談吐高尚、衣著入時的男男女女。我雖然住旁邊，但是要直到快搬走了才進去過。街上那些喧鬧或便利雖是舉步可達，我卻沒有真正歸屬其中的感覺。總歸是要離開的，我這麼想。

「如何在一個陌生的城市裡留下記號，愛一個人還是買一雙鞋？」有一次我跟好友聊到這詩句，他半帶戲謔地仿照著夏宇的句法說：「不，是買一個人，還是愛一雙鞋？」我為著對調語詞而產生的惡趣味笑了，但又覺得或許這也是真的；反正人走了，鞋子也都換過幾雙，我橫豎都不能在這城市留下甚麼記號吧。

有一陣子沒在二巷口看到韭菜盒子老闆之後，我才發現他把攤子搬到六巷底，也就是永業書店前面了。忘了他告訴我什麼原因，也許是警察取締，也許是其他小販的地盤競爭，總之他的神采黯淡了些，皮膚也黃了些。他把韭菜盒子遞給我，然後說：「我最近查出肝有問題，卡少做。」

「莫怪，我卡早感覺你目睭跟皮膚都黃黃。」我開始自責，為什麼不早點提醒他呢？為了掩飾我的愧疚，我趕緊繼續說：「需要介紹醫生嗎？」

「多謝，免啦。我已經有去看。」他說。

我接過韭菜盒子，一下子不知道該說甚麼，這才想起，我連他姓什麼都不知道。「有需要再跟我說，免客氣。」我擠出這句話，伸手拍拍他的肩膀，像是一種鼓勵，但更像是我無能為力的虛弱表現。他沒說什麼，靜靜地瞅著我。

回到租屋處，房東並不在旁邊的辦公室，整個屋頂加蓋只有我一個人。我嚼著韭菜盒子，它的溫度透過紙袋，讓我手掌整個溫溫熱熱的。我想到剛剛也是用這隻手輕拍著老闆的肩膀，現在的溫熱感分不出是食物的熱度還是殘留的體溫，或許根本都不是，那是這個城市在我裡面留下的記號。我點起菸，吸了深深一口。然後望著菸頭逐漸化成殘灰，而後燃盡。房間靜得讓人耳朵疼，窗外迅速地暗下來。

二十世紀的最後十年，我在台北。可是如今想來，或許也不在台北。

恩寵一生

美容
波菲爾
美髮 美容

親愛的浮浪貢

劉梓潔

1. 你來得太晚了

千禧年前後，曾有嬉皮族類混跡師大路一帶：三九巷夜市入口邊的地下社會、公園邊的Roxy、羅斯福路口大樓四樓的Blue Note、宿舍後門的巫雲，再延伸至體育場對面金山南和平東路口地下室的Spin、古亭市場對面中藥行樓上的45Pub、和平羅斯福路口的@live，想吵一點的，去金山南路上Brown Sugar、Vibe，想安靜一點的，便去藏於金山南路某巷的2.31、麗水街某弄的南方安逸……

方琪不知道許多年後若有一本「台北千禧年記事」，會不會記下這些？書末會不會附上入夜之後想找誰誰就去哪家店的索引目錄？

她忘了是在上面的哪家店、或者從哪家店走到哪家店的途中遇見阿薰的，只記得第一次見面她說到了嬉皮兩字，阿薰漫不在乎地指正她：「浮浪貢而已啦。」

從小到大在中部家鄉常聽大人用這詞，形容那些遊手好閒、胡搞瞎搞、長不大的叔叔們，但她在這些師大浮浪貢身上卻看到某種更自由、更不受限的東西。那是二十歲的她想要的、想要成為的。她沒想過要成為哪個酒保或DJ或樂手的馬子，卻漸漸成為「阿薰那個」。是的，一開始她沒有名字。常常她進到一家店，酒保（也是一個浮浪貢）便往裡面對阿薰喊：「你那個來了。」

「你來得太晚了，所以我要帶著你。」見面常常已是半茫，阿薰卻偶會丟出讓人心頭一暖的話。阿薰跟她解釋過，他已是這一代的尾巴，但方琪完完全全錯過了，所以他要拉上方琪，總是說著就把一邊耳機塞進她耳朵，有時是張楚，有時是Pink Floyd。關於哪一代，他沒講得很清楚，也許他也不清楚，只是這兒聽一點那兒沾一點，漸漸就有了一種「感覺」。

方琪可模糊理解，那陣子很常聽到「X世代」，指的是比她大個十來歲的這群人，搞過學運，睡過廣場，跑給警察追過。只要方琪說起好玩，幾乎所有人都會說，現在不好玩了，以前更好玩。

方琪的第一支手機諾基亞3310沒中文輸入，她自己發明了一套英文代號，爸是pa媽是ma哥是go，抽555牌子香菸的家教學生家長直接輸入555。名叫雅雯的室友在電話簿是ya，郁淳是yu，有頭沒尾，像當時的她做任何事，要儲存阿薰電話時她想到薰衣草，便取Lavender的La。像一個法文的冠詞，後面卻沒加名詞。

好像是從Blue Note的蔡爸那兒聽來的，阿薰其實是他們學校畢業的，物理系公費生，教師實習上學期還沒完就不幹了，「因為每天都在校長室泡茶，好像看到自己往後四十年都會這樣過」，跟家裡借錢賠公費，四年二十六萬，說少不少，但聽說爸媽都是中學老師，哥哥姊姊都在工作了，家裡應該算好過，名義上要阿薰還，只是要他對自己負責。阿薰覺得沒錯，他要為自己負責，然後，就在這一帶混著了。他覺得這就是現階段的他最負責任的活著的樣子。

算是幸運吧，方琪這屆已沒公費制，她想當記者。教採訪寫作的老師說記者就是要到處走到處看，但系裡的學長姐都乖得要命，她只好自己走。方琪父母提供學費和基本生活費，其他吃喝玩樂就靠自己，她幾乎天天有家教，結束回到宿舍已近十點。阿薰總要她別趕，常常十一點、十一點半約她在宿舍門口，門禁十二點，方琪有心理準備混到天亮。

若早一點，方琪會到政大書城等他。阿薰手上抓著兩罐啤酒在玻璃窗外對她揮手，他們便到公園座椅喝，聊聊最近看的書，交換燒的一些碟，翻《破報》看這週哪兒有表演。從地下社會上來的一批批人裡總有熟悉身影，便綁肉粽似一起牽去

Roxy，坐沙發區點最大壺的啤酒。穿襯衫的某某是立委助理，再來就要自己出來選了；某某夏天要去巴黎流浪，可以去跟他share房租；某某在三芝弄了個工作室，要不要哪天約一約去海邊開趴……啤酒一壺又一壺上，有些人先走，有些人後來加入，最後大多是穿襯衫那個會買單。

有時在門口便四散，有時有人拉著再散步往金山南路去。也有那麼幾次，阿薰累了，便拉著方琪說回我那兒去吧。那年頭還沒抓酒駕，她坐上阿薰的野狼檔車後座，戴一頂畫得亂七八糟的破爛安全帽。在一橋之隔的永和，阿薰跟人分租一層樓，只是一間雅房，卻弄得像音響門市展示間。方琪第一次看到「真空管」，像幾隻高高低低的小水母在黑暗中發出不同的光，這就是他們的夜燈了。阿薰會點印度香，把棉被給方琪，自己裹一條織毯，兩人有時就靠著睡，是真睡，沒幹嘛。方琪睡在渾厚圓潤的重低音裡，覺得比在宿舍睡得都好，若說浮浪之中她抓住了什麼，大概是阿薰給她的安全感。

那時每家店都能抽菸，方琪抽不多，但全身吸染，連胸罩內褲都是煙味，她常被室友抱怨。阿薰給她備份鑰匙，要她自己想來就來。方琪搭公車去了幾次，自己放唱片聽，睡起來之後把棉被疊好，用阿薰那些貼著法文標籤的玻璃瓶沐浴洗髮精。她不知道阿薰在哪過夜，有時問起他也想不起來。

明明離宿舍後門最近的巫雲，師大人自己卻不太來，好像那道木框玻璃推門有個結界，裡面太自由。阿薰帶她去，一去就熟門熟路坐上背後都是黑膠的方桌，坐在四邊的人不一定都認識，鋁罐台啤碰了一下也就聊起天來。有在找畫室的緬甸僑生、準備出國留學的建築師事務所助理、政治線記者、週刊攝影記者、幫MV找景的製片助理。

後來方琪自己一個人也「敢」去了，第一個叫出方琪名字的，好像就是巫雲的五哥。那次阿薰喝到一半便被叫去工作（極難得願意認真工作），一個廣告發四點通告，那次他是美術助理，負責開小發財道具車，得趕緊沖涼醒酒。方琪繼續留下來了，五哥說：「方琪待會天亮跟我們一起去吃早餐吧？」

天亮，還在店裡的十來人分成三台計程車，五哥帶隊，直接到了中和華興街，滇緬僑生五哥的地盤。雲南麵店早餐時段即人聲鼎沸，上頭滿滿辣油、芝麻、香菜、花生的米線、粑粑絲、豌豆粉一碗碗送上來，她和另外兩個剛認識的僑生女孩每碗吃個幾口就交換吃，她覺得那之中的自由有兩個層次，一是浮浪貢的無拘無束，二是自己終於脫離阿薰了。

許多年後，跟人說起跟阿薰的關係時，她直覺說出：「對，我們有陣子很要好，但不是你想的那個。」

聽起來也很像她跟師大路的關係，有陣子很要好。

她畢業後還是很常回去，但多是去配眼鏡、買球鞋、看耳鼻喉科或皮膚科，漸漸挪不出餘裕去那些店，沒時間、沒心情、沒伴。

與阿薰相約，多是各自出國自助旅行回來，給對方帶了伴手禮，分享筆電或數位相機裡的旅遊照片。路上認識的浮浪貢，重逢、道別或偶遇，都自然要來個擁抱，也不知道是不是真的那麼想念彼此。

2. 走一走說不定就遇到

前兩次都跟阿薰約在柏夏瓦，第三次他卻開始嫌，說那兒太布爾喬亞。

那些橙綠桃青色的老繡布、扎染、印度紗麗拼織而成的窗簾、椅套、抱枕，踩起來會發出嘎咿聲響的拼接木地板，整間屋子包裹著旅途塵埃，烤曬過太陽的老車的合成皮座椅氣味，混進一點酒吧炸物（摩札瑞拉起司條、金黃脆薯、雞米花、洋蔥圈……）的油香，瓶裝啤酒就嘴喝，看起來豪快隨便但可樂娜瓶嘴那一角檸檬可少不得，書架上那些國家地理雜誌、誰誰的哪裡的柔軟時光旅記、凱魯雅克的在路上、西藏生死書、簡體字版達賴六世倉央嘉措情詩選都是配套的——

這不都是我們曾經拼了命追尋的「異國情調」嗎？明明第一次帶你去你還好興奮地說哇好像麗江。

方琪想，果然路上認識的人不但漂泊不定，性情也陰晴不定，要不要乾脆說句路上見就好聚好散啊。

他醉酒一樣賴在師大路公園座椅上，搖滾樂團T恤、花布燈籠褲、夾腳拖，從肩膀垂曳到腰間的抽繩兜袋，從袋裡拿出古銅酒瓶，扭開瓶蓋啜了一口，遞給方琪。在路上認識的人好處之一，沒有潔癖，沒有口水病。然而一旦升起那一點點想要成為陌路的心願，便猶豫了。方琪接過，沒碰到嘴，仰頭隔空喝了一口。

艾雷島。方琪說，渴望可以從他臉上看到一絲柔軟的肯定。

喝到泥煤味要直接對應艾雷島，如身體已內建的自動機制，就像當年聽到夏宇秋天的哀愁，要自動接完全不愛了的那人坐在對面看我像空的寶特瓶不易回收消滅困難，聽到生理男說起綠和直子讓他難以抉擇，也絕對不要問那是誰。

沒讀完也要背兩句，不懂也要會裝。

方琪會開始學喝單一麥芽威士忌，也是因為村上春樹《如果我們的語言是威士忌》，忘了誰誰家辦了品飲會，一人帶一支一到兩千塊的酒，玩起盲飲，喝完一輪大概幾大酒廠名字都知道了。

「錯了，斯凱島，Made by the Sea. Talisker。」阿薰自己又喝了一口，然後遞給方琪，「可以喝到海潮鹹味和強烈海風，你應該喝這支才對，有個性的女漢子。」

方琪照做，阿薰一直都像她的異國品味導師。如果我只有一百塊，我會買三罐台啤，但如果我還有多一百塊，會去切一小塊起司或幾片火腿。阿薰的生活指南。看起來很貴、店員眼睛都長在頭上的百貨公司地下超市進口肉品鋪，也是阿薰帶她去的。

不卑不亢隔著玻璃指了帶皮火腿或辣味薩拉米，說：我們想試吃一點這個，店員也只得乖乖刨出兩薄片。火腿加卡門貝爾起司加酸黃瓜加橄欖加無花果加堅果，阿薰的真空管雅房曾端出這樣一盤。他說在義大利流浪時每天就只吃這一餐，配一大包一歐元的芝麻葉。

這一身配備有什麼資格說人家店是布爾喬亞？方琪覺得自己右肩已承受不住筆電和硬碟的重量，「不管，我得找地方插電。」

阿薰帶她到師大路邊攔了計程車，說去寶藏巖。兩人坐後座很寬敞，但先上車的阿薰坐在中間，沒有往駕駛座後方移動的意思，兩人的大腿邊緣自然地輕碰在一起。方琪想到流連師大路那些夜晚，阿薰常牽她的手，還教她路上的潛規則：手掌疊著手掌就沒事，但若男的跟你十指交扣就是想發生關係，你要好好保護自己。他們常勾手搭肩，在路邊座椅坐下就頭疊著頭，那些碰觸是沒有慾念的。方琪很享受那樣的陪伴。

下車時阿薰才跟方琪說：「我女朋友在這兒駐村。」

要讓阿薰帶進帶出很容易，冠上名份這倒是頭一次。是個叫小米的裝置藝術家，穿著麻布細肩帶連身褲，身上有股嬰兒的香氣和柔軟，像隻絨毛小熊一樣依偎著阿薰。方琪沒什麼醋勁，她跟阿薰本來就不是那樣的關係，她原本甚至覺得再更好一點阿薰就會向她出櫃了。

小米在寶藏巖一戶正對河岸的老屋裡，拉了無數條聖誕燈，她說燈泡明滅的節奏是照著古詩平仄，每一串都是一首詩。哦，這樣啊。「西方人應該會很愛吧。」方琪跑了幾年新聞已經知道如何說出誠實語又表現得世故不傷人。

「對啊，她會去亞維儂展覽，我也會去朗讀古詩。」阿薰說。

哦，這樣啊。

那晚他們到了小米駐村的房間，有其他人買了啤酒和零食來，有人彈吉他唱歌，有人帶了三味線和印度鼓。方琪充好了電的筆電沒機會打開，裡面有她去梅里雪山和香格里拉拍的照片，她照著阿薰給的路線走了一遍。

那年還沒有臉書，智慧型手機才冒出一點芽。方琪選了一些照片，上傳到無名相簿，把連結email給阿薰。那次她不知為何地，在信件上多寫了一行溫情的字：

「在你身邊我真的感覺到非常非常幸福。」

她只是把真正的感覺說出來而已，沒有要曖昧，更不是示愛。

阿薰不知讀了沒有，反正沒回信。後來又約了幾次見面，有時兩人、有時三人、有時一群人。但方琪覺得每次見面都像在穿一雙磨腳的新鞋，不知是自己腳的問題還是鞋的問題，便覺得其實也沒什麼好見的。阿薰行蹤飄忽，上網也總是斷斷續續，訊息沒頭沒尾，最後一次MSN通話更是無言。

方琪：是不是我不約你，我們就不會見面了？

阿薰：不要亂想。

沒有行動上網，丟出訊息後只能等待另外一人坐到電腦前。方琪覺得好像是這種時間差漸漸把她與阿薰錯開。阿薰沒臉書，他們的「很好」只留在MSN旋轉的藍綠光頭小人身上，懸宕在那兒。後來她自己也不用了，阿薰便從她的生活消失了。

方琪不知道這跟小米的出現關係較大，或者純粹只是換了聯繫的介面。就像轉運，從一艘船換到另一艘船，沒上船的那人不知去向。方琪試著打過電話，給電話簿裡的「La」，已是空號。

「我們有陣子很要好。」方琪向人說起阿薰時，一句話帶過。有些在師大路喝過酒的人連來連去，在臉書上成為「朋友」了，私訊問候，問起阿薰，對方也多說不知道，還有人說，到師大公園走一走說不定就遇到了。

方琪也試了，但誰都沒遇到。廿一世紀已過了十三年，那些店都撤離了，有的搬有的收有的賣，雲和街浦城街龍泉街老公寓從樓頂垂下紅布條：拒絕餐飲營業、拒絕噪音油煙、捍衛家園、還我寧靜、還我生活品質。公園中間的涼亭不知什麼時候拆了，據說是因為太多酒鬼聚集喧鬧。

要一群人失散，先撤除他們的場域。

但後來方琪也搞不清楚，是她先離開了師大路／阿薰，還是師大路／阿薰先消失。

3. 從未來回來的人

去亞維儂始終是一個夢，真的實現時方琪已經忘了這個種子也是阿薰植下。直到小米發來私訊。

她跑攤似抓著藝術節手冊，排了滿滿的節目，排隊買熱門場次的票。她打了卡。對，不能免俗。小米大概跟她有些臉書共同朋友，所以看到了。

「方琪！！你還記得我嗎!?我也在亞維儂！！！」方琪已經忘了小米說話是什麼樣子，但從幾個驚嘆號可以想見她應該很興奮。

小米說她和台灣劇團有個演出，邀她來看。收到訊息時方琪正蹲在超市貨架前為一事苦惱，亞維儂每天氣溫攝氏三十五度，頂著豔陽在石板路上汗如雨下，她帶了好多件無袖背心，但是，要命的，她忘了帶除腋毛刀。她到鎮上的藥妝店和家樂福看了，一次都要買一打。不是捨不得那三、五歐元，是她不想帶著用不到的十一支腋毛刀繼續後面的輕裝自助歐遊。小米的訊息讓她暫時放下這事，走到食品櫃買了兩包沖泡越南河粉和一瓶最便宜的紅酒，以免看起來太像行跡詭異的黃膚人。

她看了小米的演出，仍是燈光明滅那套，這次與舞者及鼓手合作，添了點看頭，但這部分只能撐十分鐘，後面不知為何變成雜耍，有扯鈴和翻跟斗。謝幕後一個法國大媽站起來用英文說是她看過最爛的演出，說這兒不是給你們演兒童秀的。方琪有同感，卻也為同胞感到尷尬委屈。

她在雜貨店買了一瓶粉紅酒，和小米回到他們的住處。四房兩廳，明亮寬敞，但什麼都沒有，四周淩亂擺著道具和行李。小米在陽春廚房切出幾種起司，抓了兩個看起來稍微乾淨的酒杯，眼神示意方琪，回她房間。

「你知道最後下腰那個女生，是昨天晚上才練的嗎！真的太誇張！根本拿國家補助出來玩！剛剛我真的尷尬死了！」一關上門，小米便傾吐滿腹怨言，方琪變成了最好的傾聽者。小米的房間很小，只放一張單人床一把椅子，所有東西只能灑在地上，但床頭有面大窗，正對庭院大樹。方琪發揮記者本能，不露痕跡地掃視了一下房間。菸草、捲菸紙、吊在門口的無袖洋裝、大行李箱裡丟了還掛著吊牌的兩三隻絨毛玩具。

「我後來喜歡女生了。」小米抱怨完，沒頭沒尾而單刀直入地說，卻毫無違和。「我女朋友是法國人，我們半年前去泰國精子銀行做人工受孕，我現在當媽媽了，只是不在我肚子裡。我們說好了，用我的卵子，她的肚子。」

接下來應該換方琪更新自己的部分，但她以為她們會先聊聊阿薰，於是說了最普通的那部分。「我現在free了，幫雜誌社寫寫稿。」說著，方琪突然看到床腳丟著一包桃色柄塑膠腋毛刀，跟她在家樂福看到那包一模一樣。反正菸抽了酒喝了，下次見面也不知何時，她厚臉皮地指了指：「小米，那個，可以給我一支嗎？」

小米往後仰躺爽朗抓過來，遞給方琪，說自己也苦惱得很，一次要買一打，但又不得不買。小米細瘦的上臂仍然光潔無瑕如稚子，自在抬手無需遮掩，方琪把刀收進放滿節目單的包包時，小米問了。

「阿薰的葬禮，你去了嗎？」

天，亞維儂藝術節，家樂福量販腋毛刀，阿薰的死。這三者同時被方琪抓在手裡，她一時覺得腦袋要打結了。

方琪搖搖頭，「什麼時候的事？」

「大概兩年前，二〇一三年吧。」

「你們那時還在一起？」

「才沒有，其實我們那也不算在一起。你知道後來有個詞叫無性戀嗎？我覺得阿薰是那種。他都可以，也都不可以。」小米吐吐舌頭：「我以為你比我更了解他。」

「不，我連他死了都不知道。」

小米說，好像是心肌梗塞，葬禮辦在他們屏東老家，他家人在臉書發了訊息，但應該只有少少的人看到，有沒有人去也不知道。

「他有次突然說，我是從未來回來的人，這些我都活過了，因為知道很好玩，所以回來陪你們玩。大家都覺得馬的他鏘掉了，但後來看到他這樣走，好像有點懂了。不好玩了，所以就回去了。」

「回去？」

小米比手指在空中劃圈，聳聳肩，「我也不知道是哪，你要說天堂、神的懷抱、極樂世界、或宇宙，都可以吧。」

小米繼續低頭在她的麻布裙上捲著菸。方琪看看窗外的法國梧桐樹，掌狀分裂的碩大葉片透著陽光，她想要找一個東西記住這一刻。

「我們有陣子很要好……」還是只說得出這一句。

「我知道。」小米輕輕說。

「好奇怪，我想哭卻哭不出來。」方琪苦笑化解空氣中的僵硬與哀愁。

「一起走在路上的人消失了，是不是這種感覺？」小米說。

方琪點點頭。她知道，許多年後若有一本「台北千禧年記事」，上面將不會有阿薰和她的名字。他們只是走在路上的人。

台北的新人

楊富閔

這一兩年的工作全都繞著出清兩字在轉，剛剛結束的二〇二一年，可以說是史詩級的一年：在外是台灣疫情爆發；在我自己，則是終於完成拖沓已久的兵役。回到故鄉服役，聽起來不太壞，我也覺得日子變得單純，人靜了下來。

然而一年之內夜半四次趕赴奇美急診，四次陪病對象，都是不同的親人。深夜的台一線原來如此黯淡，而我唯一能做的就是冷靜。一次次簽妥文件，一次次的實名制、量體溫。回到台南，重作人家的兒子孫子，沒有暖身彩排，直接進入長照第一現場。我像不像服著另一種親情的役期？危機時刻人在台南。我回來的正是時候。

漸漸與台北拉開一段社交距離，退回最初的人物設定，到底我就是一個從南部鄉村北漂讀書的青年。我的台北故事注定是一則當學生的故事。台南一年，這個曾經住了十八年的家，留有不少舊物，某些脆弱的時刻，我就開始裝箱。一年過去，世界已在我的眼前改變，我大概也有點變。退伍隔天立即返北，持續另一階段的出清，我想一股作氣把人生推往另外一個境地。

所以二〇二二，它將是怎樣的一年？回到台北，第一時間也是選擇回到學校，因我在這城市就是一名學生呀。研究所位在辛亥復興南路口，扣除去美國與替代役的兩年，台北十年，以此大樓作為核心，施展與修剪我的盆地故事。現在，我也得把這個故事，做一個美麗的收尾。

於是想到用了十年的研究室，這裡無形有形的記憶，簡直滿到天花板，好不容易完全清空，還在電腦桌前拍一張照。研究室的牆上，有一張日本人繪製的「舊台北鳥瞰圖」，忘記是不是我貼的，最後不敢撕下來。

離開辛亥路的研究室，隨意找上一台優百克，我到台北的時候，沒有這個玩意，如今早已成了代步工具，每日騎它越過永福橋回到韓國街，這樣也騎了好多年。漸漸退出學區的生活，日常動線放在永和，不用跑來跑去，可以進行一個全集中的呼吸：寫作、思考，結束論文，不再那麼像一名學生。

那日收拾完研究室，心情格外亢奮，決定繼續在校園晃一晃。沒有既定路線，但有一個今昔對照的目光。騎過社科院的時候，想起以前是一座停車場，有一間小木屋，進駐摩斯漢堡，還曾遇到正要去台文所演講，有點小迷路的鄭清文先生，我就順道陪他走了一段。這十年我最常去的，繞來繞去都是台大總圖：二樓密集書庫真棒，五樓特藏讓人難忘，其中一格開架書區，是郭松棻與李渝的藏書捐贈。有一本當年我送李渝老師的新書，走了一圈，它又回來了：單純途經圖書館，若遇春天，活大*外面的流蘇總是聲勢浩大，這時我會拍一張照，再往舟山路的方向騎，騎至鹿鳴廣場、華南銀行與藝文中心。當學生跟著老師吃學術晚宴，大家約的就是鹿鳴宴。有一次白先勇老師的紅樓夢加課，課後天色昏暗，老師學生一路浩浩蕩蕩從教室越過傳鐘。那幾年我同時擔任兩門大班課的助教，一班都是四百人，可說是我在台大最忙碌也最充實的階段；舟山路直行，一邊是銘傳國小，一邊是住過一年的研究生宿舍。碩二那年，我在學校上日文，總是睡到上課鐘響才衝進教室。住學校的好處很多，晚上能到台大操場跑步，要去誠品唐山走路會到，吃也變得容易，而且好像更有當台大學生的感覺，那是我非常快樂的一年。

出了舟山路就是公館捷運站了，習慣上我會騎回永和，若有約會或者工作，時間餘裕，我就沿著台大邊牆，再騎好大一圈。羅斯福路對面的水源市場，它是修衣褲的去處，十樓的水源劇場，我常找不到入口。這裡公車班次密集，更早之前，我都從此搭乘二五四回到秀朗國小，那是我在永和的第一個家。其實搭公車從來不是我的生活方式，去年回到台南，經常搭橘幹線去玉井、善化與麻豆，從山村大內要

＊編註：台灣大學第一學生活動中心，簡稱「活大」。

出一趟門，也沒那麼難了。

實則羅斯福路於我，是一條木棉大道，三月經過都會想起李渝的小說：「長長的開了一街木棉花。開的那麼傻。」木棉大道左轉基隆路，頭頂是高架橋，騎這段路我都不能放鬆，或者我在台北，始終沒有放鬆。電費一定遲交，於是跑到基隆路上的台電營業處補款，日子輾壓日子，日子相當瑣碎。長長的基隆路好多個公車站，我最喜歡長興街的校門，轉進去是明達館，偶爾會遇到散步中的王文興，等一下的教室，說不定就是要談〈龍天樓〉與〈最快樂的事〉；經過明達館就知道辛亥路到了。這個基隆辛亥路口，右轉隧道方向有一座籃球場，常有許多俊秀的球衣男孩，籃球場再過去是殯儀館。黃道吉日，一整天好多團的送葬隊伍。碩一那年，我曾騎車探過究竟，不過此刻我要左轉，左轉回到辛亥路，這樣就又繞回台文所了。

台文所緊鄰一條辛亥路，對面是大安運動中心，開始營運的夏天，我也暑修日文，下課跑來玩水；旁邊的道藩分館小小一間，可是文學館藏豐富，一一八巷則是學生用餐的熱點，我最愛去親來食堂和香料廚房，碩一迎新就在香料廚房。辛亥路後門至新生南路的台大圍牆，是我很享受的一段路，人行道比較寬，路樹也很茂密，騎至靠近天文數學館，有個小門可以切入校園，進去就是醉月湖，往前一點，就是郵局與博雅教室。柯慶明老師的現代主義文學固定開在博雅大樓的一〇一教室，這一帶牽連排球場、文學院與體育館，算是我最熟悉的校區。如果真從天文數學館騎進來了，那麼我就又從體育館騎出去，畫面此時來到新生南路口，騎過去就是大家都很熟悉的溫州街了。

溫州街適合步行，所以我不能衝太快。溫州街上有什麼呢？想來想去都是住在這裡的老師們。也想起我出第一本書，研究所同學找了一間小酒館慶祝。溫州公園有一棵有名的魚木。還是單身的時候，溫州街也是我覓食的食街，那是很久以前的事了。這時終於騎回羅斯福路，一眼看到台電大樓。台電大樓周邊書店的密度極高：山外、古今、胡思、總書記。我的許多論文的問題意識，都是在這間書店通往那間書店的路上形成的。最後騎到了汀州路，抄三軍總醫院旁的窄道，抵達台大的水源校區。有時把車停在自來水博物館，徒步走永福橋回到新北；有時直接越過新店溪騎進永和，那就把車放在環河東路的自行車站。站旁一間玄天上帝廟，每每讓我駐足凝神，膜拜再三，接著走一小段路回家。

是的，回家。我在台北寫的一篇，也是唯一一篇的小說叫做〈花甲〉。那篇小說，描述一名在城市居無定所的青年，四處尋覓一棟夠高的大廈。他在做什麼呢：「花甲這兩年先是騎單車繞台北街衢看樓，至少要二十層以上，這樣才夠格上網買支天文望遠鏡，遠眺嘉南平原，花甲實在太想在這座城市找到一點點台南了。」重讀這段癡傻描述，簡直一則寓言。十年台北，彷若演繹著自己的書寫。這篇小說停在花甲因為不知名的寒症而死。這位花甲同學，是我在這城市最初的親人，我的緊急聯絡人。可我在小說賜死花甲，自己卻在台北獨活下來。都說寫作是雖死猶生，生能死、死能生的藝術，這世上果真有一種寫作是關於復活？有的有的。我不就證明了嗎。

謝謝你啊，花甲男孩。謝謝彼此好好活著。我的台北故事一路有你作伴，而你就是你，我就是我。我們兩人作揖道賀。今日重逢但也作別在這杜鵑花城。明天，明天我們都要做自己生命的新人。

世紀末台北喝酒故事

徐淑卿

經常覺得我是一個錯置在過去時代的異鄉人。在北京生活那些年，我呼吸著當代的空氣，迷戀的是舊時的事物。經常看著四合院的屋頂，想著幾百年前的明月夜。

接到這篇文稿的邀約時，我的腦中如同打開一個水溶溶的鋪滿時光的街道，浮現許多微暗燈光中交錯的身影。然而再度的，那是已經遠去的昔日，是一個在現實中無法重逢的空間，甚至我也無法說出這些逐漸稀薄的回憶，除了偶爾的感嘆外，對自己有什麼意義。只能說，即使已無意義，但現在的我是由這些過去構成的，有的時候我們就是遺失了那些從過去變成現在的線索，我們不知道從什麼時候開始忘記了，不愛了，遠離了，就像面對皮膚粗糙的傷疤，這些是印記也是曾經，但是失去了感覺。

現在我對喝酒已無過去的狂熱，有時也會覺得很多人對我與酒的印象，停留在過去的江湖傳言，我像是穿戴著陳舊皮囊，但內裡輕舟已過萬重山。不過也正因為如此，回憶起曾經摯愛的時光，那些不知道是因為青春還是酒精而恣意狂放的日子，那些因為喝了一瓶好酒，而閃爍光芒的眼神，那些隨時可以拋灑的快樂，和酒交會的人與故事。那時的我，不知道世界有多麼寬廣，只知道快樂可以多麼簡單，只要有好酒就夠了，只要有愛就夠了。

延吉街 Kiki

很多很多年前，隨同學到東海拜訪某位老師。他家沿著牆角排列許多空的酒瓶，我蹲下來一一審視酒標，他拍了我的肩膀大笑說：「很多人到我家來，有人看我的藏書，有人看我的擺飾，你是第一個蹲下來看酒瓶的。」

這則往事說明我對酒莫名的痴迷。那時是紅酒在台灣尚未流行的年代，喝的酒不多，酒的知識也不普及，究竟是什麼讓我對酒痴迷呢？

始終是一種快樂的氛圍。猶如幼時逢年過節親友相聚，酒酣耳熱，洋溢著非日常的歡樂。或許如父親偶遇少年友伴，拿出珍藏的威士忌，對酌傾談，我從旁感受久別重逢的喜悅，回到房間我打開一本借來的小說，想著這就是幸福的滋味，有書有酒有朋友。

也許這預視了我未來的生活。或者，是當下感受到的快樂，讓我追尋複製，從此在生活中構成了期望，形成了地圖。快樂藏在酒瓶裡，藏在書裡，藏在朋友的談話裡。

最好的時候，就是工作結束，疲累有之暢快有之，到酒吧閒聊深談。學校畢業後，我在一家雜誌社當編輯，同事感情很好，每週五固定下午開完編輯會議，傍晚就往酒吧行進。當時最常去的是延吉街上的Kiki，我在那裡看過陳昇，剛出道的金城武，喝過很多酒，醉過無數次，有次吐到對面人家拉下鐵門，免得惹禍上身。

那個時候不知道為什麼這麼喜歡團體活動，大家一起喝酒，一起去海邊，一起去洗溫泉，早早截稿的記者還陪編輯一起下班吃早餐，好像學生時代的交友方式在職場重現。但再回首，我想那時的我們，還沒有真正成為令人討厭的大人，而所有一起在酒精蒸騰過的歡笑淚水沉默，現在想來格外珍貴。因為那時我們不知道人生是一個一個的島，在這個島上相聚的人，不見得有同張船票，可以到下一個島。人生很實在，沒有什麼可以重來，每踏出一步，其實都是回不去了。

麗水街南方安逸

後來我到報社工作，Kiki在我生活中隱去，開始登場的是南方安逸。

第一次到南方安逸時，我還是學生。有天在校園水木書苑喝咖啡看報紙，發現一篇報導說南方安逸的酒保調酒技藝精湛，堪稱全台第二。

於是有回北上，我特地到南方安逸喝調酒，這名酒保就是現在名聞遐邇的老王。當時我點了一杯酒單上看來最厲害的「酒國英雄」，老王佩服道，你酒量不錯，這有兩瓶紹興的酒精濃度，很多人還沒喝完就從椅子上滑下來了。我原本也沾沾自喜，不料離開南方安逸到電影院的計程車上，酒勁上湧，電影看不成了，只能回去休息，自此知道酒國無英雄，只有自知和不自知的區別。

當時我不知道，未來會經常在南方安逸出沒。也不知道和老王一路從南方安逸、北樓、三重奏，延續了三十年喝酒的緣份。在我認識的人裡，比他更有趣的幾乎絕無僅有。偶爾，如同一個儀式，我會說起，因為看到一篇他是全台第二酒保的報導，我才找到南方安逸的。他總會問我，那第一是誰？時間久了，我也開始懷疑，也許寫的就是全台第一，但我記成第二了。但這不重要，重要的是命運的機杼開始轉動，一個舞台升起了。

我有相信權威的傾向，也喜歡記住一些定義。有次老王跟我說，神風特攻隊是豪華版的Vodka Lime，從此我印象深刻，最常點的調酒就是神風特攻隊，直至如今。同樣相信的是他對食物的品味，好像從南方安逸起我就沒有特別堅持一定要吃什麼，隨老王安排就好，像我這種事事都要自己拿主意的人，可以不用動腦筋，也是種解脫，最重要的是放心。

不過南方安逸值得記憶的不僅是酒和食物，而是人的故事。

我曾開玩笑説：「婚姻不是愛情的墳墓，南方安逸才是。」墳墓一詞也許誇大，一定有人在這裡經歷了愛情的開始，或美好的回憶，但好事通常容易忘記，悲慘的際遇才因為牽強附會成了傳奇。比如説，南方安逸堪稱酒吧界的指南宮。

有個朋友，原本和先生在這裡輕鬆喝酒，不料一言不合，再回首已成前夫。

還有個朋友，在這裡拍了婚紗照的，沒多久，兩人也人生異路各自安好了。

有次和朋友們到這裡，幫一位發現自己有了情敵的朋友排解憂愁，但南方安逸的磁場就是這麼驚人，居然那位情敵也在他朋友的陪伴下，來這裡排解憂愁了。兩路人馬相遇，就怕劍拔弩張，第二天上了自家社會版，我心裡非常害怕，但對方顯然也感覺不妙，先行撤退，這一夜平安度過，不久朋友也另覓了良緣。

還有一位早逝的詩人，但他只能算在指南宮的山腳下徘徊。當時他愛戀著一位對他沒興趣的女生，我跟他說幾天前正巧在這遇裡見那個人，他頓時瞪大眼睛微笑環顧四周，好像南方安逸因為那個女生的出現而格外不同。

日後我想起這一幕，不免猜測他其實想用誇張的方式讓大家開心。你可以說這是深愛，也可以說這是一種表演，但比起各種單戀的悲情，我覺得詩人還是比較可愛。

民生東路前藝術

前藝術在地下室，走下階梯，就是一個具有工業風的寬敞空間。許是南方安逸關了，老王也去當酒商品牌大使了，有幾年的時間，我經常來這裡。不同於南方安逸的文青氣息，前藝術更像大人的世界，這樣的印象可能是這裡大多是喝紅酒的緣故。

我還記得從階梯走下去，旁邊就是一櫃的紅酒，那就是我的光的所在。我也從調酒啤酒白蘭地只要有酒精的不拘小節，逐漸朝葡萄酒專一，在我的喝酒史上也算個轉捩點。多年後有次遇見老闆阿咪，說起葡萄酒現在的價格，兩人都懷念那時我們是如何以便宜的價格就喝到Talbot。雖然我不知道阿咪這樣說是不是有點後悔當初賣得太便宜了，但我還是很感謝他以親民的價格讓我走上紅酒的不歸路。

店名是前藝術，店中也的確有很多藝術家。但羞愧的是，我不知道為什麼總能將一切堅固的都煙消雲散，不記得偶遇名流的造詣絕學，只記得一些小事。比如說，有位藝術家每次喝紅酒後，總是來杯啤酒作為結束，喝完絕不戀棧。後來聽一位藝術線的記者說，別看他們喝酒這樣暢快，其實他們必須很用功，也必須很自制。

記得這件事，應該是我那時特別嚮往自制的美德，這當然是因為我深受不自制之苦。浪擲許多熱情，耽溺在某種谷底不見天日，所有的神經都籠罩一層哀怨的灰，深深的不快樂。記得有一晚我帶了CD讓阿咪重複放好幾次柯恩的歌，直到他善意喊停，完全忘了人家開的是餐廳。現在回想起這些令人汗顏的舉止，不免感激那些時常去的酒吧，猶如散布在城市中的島嶼，讓我有個喘息上岸的棲身之所，也連結了許多面孔，和他們的故事。

現在的年輕人們在酒吧聊些什麼呢？應該跟我們當時沒什麼不同吧？工作、情感，與人際牽涉的羅網，就像年輪一樣，每個年紀所關心的事物不外如是的標出時間的意義。當時的我們，情感還在飄移，未來看似明白卻不確定，最重要的是，我們還不清楚我們是誰，我們將成為怎樣的人。

比如，忘了什麼場合，但記得那個問題。維菁問，你覺得我以後可以寫作嗎？

這個答案現在大家都知道了。但在當時，生命的許多謎底還沒有揭開，我們仍在各種可能的歧路裡。如今想起那些在生命的中途，可以袒露我們心中破洞與疑惑的日子，不免覺得那些促使我們成為現在的我們所經歷的，是多麼值得珍惜的資產，快樂是，痛苦也是。

回望這些酒之島，已經不復存在。但城市中總會有新的島嶼浮現，為我們刻劃下新的年輪標記，而我們究竟是誰的答案也逐漸清晰。希望我們終能成為自己所喜歡的人，也不枉費那些年在酒的島嶼漂浮的，尋找自我，療傷失意，互相鼓勵，辛苦活下來所遭遇的一切。

午後雷陣雨

陳慧

1.

我伸頭出去看街上，這是六樓。下午三、四點，街上一個人也沒有。小巷有點窄，只容單線行車，我可以清楚看見對面那幢房子的每家每戶。住在四樓的女子和衣躺在涼蓆上午睡，沒蓋被也沒拉上窗簾。四周靜悄悄，整個城市彷彿偷偷躲在這個角落裡打盹。我喜歡。

跟我印象中台北取光不良的公寓住宅不一樣，窗戶沒欄柵，大片的玻璃，折射同時吸收所有的陽光，紗窗上的塵垢無處躲藏。我喜歡。

今天早上我在手機下載了找房子的應用程式。我可以想像他走在台北鬧市街頭的樣子，但我無從召喚他起居作息的畫面，因為我不知道他住在怎樣的房子裡。他到底經歷了怎樣的日常，以致他再也不願意回到我的身邊？我要走進這些房子裡看一下。就是這樣，我在應用程式上隨意挑了一間，也沒理會是不是他曾經住過的地區。我只是想要看一下。很快就約定了房仲介。

房子裡備了基本傢俱，電視機的螢幕映照著我坐在沙發上的模樣。廉價的人造皮革二人座，務必要搭上手工鉤織的鄉村風氈子，還要配靠墊。我發現我並非在想像他的生活細節，我竟看見自己在這小巷中獨來獨往。在我幾乎相信自己已經失去對當下事物延展想像力的時候，如此浮想聯翩實在久違，像睡得太沉之後悠悠醒轉，又似冥界之旅的不真實。房仲介站在沙發旁，正以手機跟客戶談妥看房子的時間，二十分鐘後，距離這房子不遠，他下樓抽一根煙，走過去時間剛好。

我待房仲介掛斷電話之後跟他說，我決定租下來。我很清楚自己沒有賭氣的意思，但要說是興之所至，也實在與我日常行事大相逕庭。走進這巷子之前，我只是好奇他曾經的生活，我只是想看看而已。沒想過我看到的不是他的生活，而是對自己的想像。我微微吃驚，同時欣然接受改變現狀的各種可能。仲介沒有掩飾他的驚訝，可是他也跟我一樣，欣然接受改變現狀的各種可能。末了他關切問了一句，你一個女生住這邊沒問題嗎？

當然沒問題，我從前都是住在酒吧街的樓上，這邊安靜得多。

翌日下午我就提著行李箱搬進來了。也是下午三、四點的光景，計程車駛進巷子，沒擋住經過的車輛，我慢吞吞取下行李箱也沒妨到任何行人。一街悄無聲息，整條小巷午睡未醒。陽光明媚，卻忽然灑了一陣雨；雨點自帶金光，我忍不住停在窗前呆看。對面大樓外牆上的日照陰影，一點一點緩慢下移，漸漸糢糊黯澹。心中莫名生出不知道錯過了什麼的惶惑，彷彿末日已悄然發生，而我卻被世界遺留了在這小巷中。終於到了要把燈亮著的時刻，之前曾有四周的房子空置著的錯覺，此刻悉數消退，明明的都住著人，從窗戶看進去就是一般的日常；洗衣晾衣做菜吃飯看電視看書發呆做瑜珈澆花打掃打電玩打瞌睡在窗邊抽煙。街上有行人來來去去，就好像這裡從早到晚都是如此熱鬧的小巷。

我有種闖進了油屋的感覺。就是動畫《神隱少女》裡那所只在晚上營業、招待神靈的富麗堂皇大浴場。我是闖入者。

我記住房子的所在，林森北路一〇七巷。我的發音不準確，計程車司機總是把我載去林森北路一〇七號。那是巷口，沒差，我自己多走幾步就可以。原來「號」跟「巷」是這樣的關係，所以跟一〇七巷平行的不是一〇五巷或是一〇九巷而是八五巷，就是說巷口所在是林森北路八五號？是這樣嗎？我不肯定。這一切我都不熟悉。不知道是誰跟我說的，這裡又叫「六條通」，人人都知道。六條通的發音比較不會出錯，於是我告訴計程車司機，我要去六條通，果然計程車就駛進巷子裡，停在我住的房子樓下。只是接下來卻有司機把我載到要步行好幾分鐘才回到一〇七巷去的地方，他說我下車的地方是六條通沒錯。我點開手機地圖，那是中山北路一段一〇五巷。陰差陽錯，像我。嗯，沒事，能認住回家的路就好。

2.

朋友問我，你還好嗎？我學會了不能說還好，要說好。但我明明就不好，於是我回答，我不好。我的答案讓朋友無措，是怎樣不好呢？我說我非常傷心。朋友就說，你要多出來走動，讓我們陪著你。但我是如此的困頓乏力，請讓我躲藏起來。我晝伏夜出，就像連續飛越不同時區、無法適應時差的旅人。疲憊而且倦怠。

這條小巷掩護了我的不正常。

巷子裡的店，大部份給人已經休業的錯覺。這些店像我。

當我睡夠了終於起床，會聽到好像只會在「錢櫃」裡才有的聲音。乍聽時愣住，後來就知道是從街上傳來的。歌聲嘹亮而短促，直達六樓，只是沒前沒後，無法辨識出是哪首歌曲。幾乎以為是幻聽時，那歌聲又再破空而至，這次是男女合唱，終於有點頭緒；巷子裡的店原來有在營業，有人開門，歌聲就傳出來，門很快又關上，什麼也沒發生。

半夜裡我到街上找吃的，彳亍獨行，一縷遊魂。回住宿處的或想找續攤的，與我擦肩而過；形單影隻，或，有伴相隨；意興闌珊，或，興致勃勃；誰也不會搭理誰。如此尋常。這裡不是目的地，我們都是過客。大概是喝了酒的緣故，也或許真的是累了，女子臉上的眉色眼線腮紅都有點淡去，男子的肩頭也沒挺得那麼緊，有種失焦似的朦朧。頹廢的美。

我的慘淡在此也就顯得毫無違和了。

我循林森北路走到長春路，那裡有半夜仍在營業的豆漿店。不想走太遠，林森北路上就有米粉湯。巷口有拉麵店，淩晨仍有喝完酒要吃宵夜的日本人在店門外排隊。出門時發現在下雨，就會去巷子裡的超商買速食。地上有淺淺的水窪，倒照著招牌燈管，流光在水裡抖成碎片，疑幻疑真。

等待店員為我將食品加熱時，無聊看貨架上的加價購，是史努比的聯營商品。史努比，超越時空、世界通行的史努比。耳畔有叫喚人的聲音，疊字，台灣女生的名字好像都是疊字；婷婷、敏敏、佩佩、莉莉、芳芳……，兩個字的親暱與纏綿。半晌才發現是在叫我，姐姐。店員將加熱好的食物，放在一張薄薄的剪了紋路的紙上，看著就想起小時候做的勞作，她拉住紙的兩邊往上一提，食物就安然置於提籃內。她遞給我，說，外邊雨很大耶，姐姐。

我喜歡她叫我姐姐，彷彿這是我新取的疊字名字。

我在用餐區坐下，店裡沒其他人，店員靠過來，問，姐姐，你愛史努比？我有點反應不過來，她已經打開手機，要把我加進群組。我看清楚，群組名稱是「六條通門市快樂購」。她說，姐姐你要留意喔，有史努比的貨品來了都會貼在這群組。哦。她有一搭沒一搭的跟我說著話，我說，你聽得懂我說的國語？她說從前有位店長來自廣州，早聽慣了這種腔調。她又告訴我，我住的那幢大樓，四樓是韓國和日本女生，和我同住六樓的是幾個越南女子和一個泰國家庭，還有來自緬甸的人，不知道是在二樓還是三樓，都是住一陣子就離去，這條巷子充滿不同腔調的人……。

後來我和店員坐在門前的階梯上抽煙。她告訴我她是延畢生，因為要攢錢拍畢業製作。又說他的男友是編劇，以後就是他編她拍。凌晨三點另一位工讀生來接班，遠遠就揚手跟我招呼，像跟我熟稔的樣子。他說，我認得你呀，你總是凌晨時分來買香煙和薯片……。

我跟他們道了晚安，回家洗澡上床。很累，是做完運動的那種累；飽足的狀態。我已經好久不曾在黎明之前上床就寢，醒過來時，日未過午，我似大病初癒，有復元的感覺。遠方隱隱傳來打雷的聲音。我想，如果，我曾經像透明體般來去，就像那些奇幻電影的主角；其實已經死了，只我自己一個不曉得，於是，其他人只好用一種對待鬼魂的方式來看待我……；如今，在這容我藏匿的空間中，我正漸漸重新充實，回復質感。

3.

我是在路邊咖啡店打給他的。

早上起床時陽光猛烈，於是我洗了衣服。衣服晾起來時，發現天邊的積雲舒卷著，有風。

午飯後到街上去喝咖啡。咖啡店在路邊，店很小，淺窄，只有收銀櫃台跟調理台，桌椅都擺在行人路上。兩個阿姨搭檔打理，一個高瘦長髮，另一嬌小略豐滿的梳鮑伯頭，臉上都分明的炭眉紅唇，頭髮都漂染燙過，一點都不馬虎。我之前是因為避雨停在這裡的，光顧的都是白天不用上班的人，像我。應該都是老主顧吧，坐下來都不說話，兩個阿姨就會送上咖啡或是紅茶。我說我要熱美式，阿姨只遲疑一下，很快就攪清楚我的發音，沒再多說什麼，也沒有把我當透明體看待，感覺是在這裡什麼人都曾遇上過。只有一次長髮的要我移到另一張桌去，因為我佔了胖大叔慣坐的位置。胖大叔走了之後，她大概覺得要我換位置，有點不好意思，就跟我說了很多胖大叔的事情。她身形瘦長，動作俐落，年輕時應是單眼皮美女，嘴唇很薄，感覺會隨時翻臉，但當她跟我說起胖大叔的時候，咯咯地笑，感覺年輕得多。原來胖大叔是日本人，老婆、兒子仍在大阪，他是喜歡了巷口熱炒店的女侍應，就住下來了。已經是二十多年前的事情。胖大叔每次在咖啡店出現都是一個人。

後來我就常去這咖啡店，午後，帶一本書，像其他客人一坐就兩、三個小時。他們有一種在等朋友集合的氛圍，一個兩個，三個四個，人多起來就併桌。黃昏前，總有六、七人坐在那邊，然後又漸漸地散去，各自去吃飯。有時候我晚上出去散步，發現店仍開著，下午的人還在，買了點心在那裡吃著。往往又會來了另一夥老友，帶著他們的女友，仍是喝著咖啡抽著煙在說話。每天都在聊天的大叔們，其實都是在談什麼的呢？

有一天，胖大叔跟我搭訕。我錯愕著，以為他說的是日語，他明明會說國語。女人插嘴才弄清楚他跟我說的是台語，他是要問我在看的是什麼書。女人跟他說台語，我猜那意思大概就是你幹嘛跟她說台語人家是香港來的。店員走開之後，胖大叔問我，你移民來台灣？我想了一下，搖搖頭，說，我休息一下。他跟我眏了一下眼，說，我也是。說完自己卻不好意思抓抓耳朵呵呵地笑起來。然後又嘰哩呱啦跟他的老友們說台語，他們邊說邊微笑打量我，應該是在談論我吧。

他們隔著桌子揚聲問我，你一個人？我點頭。沒有工作？我微笑搖頭。他們又問，你之前是幹什麼的？我說了，他們讚嘆，喔，這麼厲害。行人看看我又看看他們，繼續趕路。

他們問了我很多問題，很多連我的朋友都不敢問的問題，我一一作答。

後來在咖啡店以外，也就是這小巷間，碰見這些大叔，他們都會跟我點頭招呼。咖啡店客滿的時候，他們也會讓我坐在一塊。

烈日當空，但我好像聽到一下悶雷。胖大叔說，你沒聽錯。書看完了，有些無聊，我就把剛看完的推理小說內容說給胖大叔聽。短髮阿姨走過，忍不住答嘴，從前愛過現在不愛就要把人家殺掉，好可怕喔。胖大叔擦了一下額角的汗，說，小說而已，現實不必殺人，可是更可怕。是的，現實最可怕。短髮阿姨怔了一怔，什麼意思？我不懂耶。然後就去忙她的。

好像又說了一些其他的，我記不住。只聽到胖大叔說了這樣的話：就因為是我的，就算是可怕的現實，都應該好好地把它看清楚吧。

我的什麼？

胖大叔說的是日語，inochi。這日語單字我懂，命；他說，我的命。

六條通的一切忽然靜止，只有植物在祕密生長。那些種在店門外破口花盆裡的不知名花草、枝椏伸出窗戶柵欄的不知名的樹；卑微無聲，蓬勃延蔓，那麼恣意，那麼燦爛。

我取出手機，接通了他的電話。大概是意料之外，他沒拒接我的來電。我告訴他我所在的咖啡店，請他現在過來。他怯怯地不敢推辭。

雷聲隆隆，大雨嘩啦嘩啦。他來了，沒帶雨具，狼狽著，一如他生命的真實狀態。

他坐下來，渾身不自在，說，為什麼約在這裡？短髮阿姨瞪他，這裡有什麼問題？我代他點了冰美式，他訕訕地不發一言。

胖大叔問，你們多久沒見面？我說，快一年了。胖大叔不以為然，對他說，一年不見，總應該跟人家問好吧？

他按捺不住，悻悻然說，這些人是怎麼了？

我說，他們是我的鄰里。他愕然，你為什麼要住在這裡？

我為什麼要住在這裡……？

我想起房仲介。我想起超商裡的工讀生。我想起眉色眼線胭紅淡去了的女子。我想起太陽雨。我想起路上與窗邊的花草。我想起整個城市在這裡打盹的錯覺。我想起我的踽踽獨行。我想起午後悶雷。我想起抬頭就會看見的月亮，或彎或圓，總在前面引路……。這裡是六條通。

我本來想跟他說，這裡是療傷與躲藏的好地方，這裡有著過客和滯留的人；或被困、或準備奔向下一個出口；他們因而有著強壯的包容能力，無論是對現實、自己的命運，或與自己毫不相干的陌生人，甚至是闖入者。所有的不尋常，在這裡都被接納、消解成日常。

他不會懂。

最後我跟他說，你我到此為止吧，這就是我們的現實。我不會跟你說保重，你也無需抱歉，連再見也不必說。你喝完這杯冰美式起身離去即可。

大雨過去，藍天白雲在黃昏前出現，六條通在夕陽中閃閃生輝。

我沿著六條通走回家，忽然生出走在河堤上的意象。如果這裡是一條河，這條河想必是渾濁的，因為沉積物太多；無數充滿意外的日子、各種離奇的經驗、事物的興起與廢弛……。人來復去，感情漲退，日復一日。你願意留下就留下，你願意帶走就帶走。各自的命。

午後雷陣雨

可以通往監獄的路

李昂

我有一條路，跨越路口，另一端，等著的是監獄。

故鄉的街路

街路有其時間的記憶點，有些，在我們一生中，在有生命、有認知的時刻裡，一直維持不變。

通常是重要的街路、地標的所在，比如總統府前，會是有記憶以來到老死，一直在那裡，維持不變的姿態，成為一種說法。

幸運的是，變化的只是裡面的統治者，而不是街路。

（地標沒有被戰火摧殘的話。）

較小的、不是地標的所在，基本上會面臨改變，這裡起了一棟新樓，那裡老房子不見了……

街路的外貌變了。

我們以此來說，啊！我童年時的回憶變了，但至少不是說，我童年時的回憶沒有了。

街路的回憶沒有了是一件大事，大概就會是市政改革重劃，要不就是拓寬了。

重大的變化才會「沒有了」。

我生長的故鄉鹿港，前門面對的街道一直都在，有蓋了新房子，但沒什麼重大的改變，所以「故鄉」還在。倒是後門的一條髒水溝及沿水溝小路、接連的一大片路地不見了，成為新開的馬路。

我不覺有什麼失落，新開的馬路平整開闊，母親在後門臨路種野薑花和一種當年很少見的叫「鷹瓜」的花樹。多年後疫情起，種花植草成為許多人的窗外，我才得知這鷹瓜原來是伊蘭的近親。

母親和這條新開的路成就了一項熱鬧的關係，因為她的花會被人偷走，年邁的母親，多了某些樂趣，就是三不五時要到後門來看花是不是還在。（心裡其實是想抓到偷花賊，但當然一直沒有如願。）

市中心的家

我在我台北市的住家，一九七九年，也進行著這樣的活動，只不過，心中充滿著最深切的恐懼，因為我知道，走過路口的另一端，聯結的可以是監獄。

一九七九年，距今四十三年（差一些就半個世紀），我剛從美國回來在文化大學教書，將我助理教授一年的薪水十萬塊錢祕密私下捐給施明德，是的，是那個往後還要再坐十年牢，榮耀的湊滿二十五年又五個月的牢獄，而且，出來還能繼續進行政治工作。是的，紅衫軍帶頭的那一個人。

（快速被遺忘的年代，誰是誰都需要加註，這是我最近向一群大一的學生演講的心得，他們生在二〇〇四。）

施明德拿這他募到的捐款，開始在仁愛路租辦公室，「有開始，錢就會一直進來。」開辦了《美麗島雜誌》。果真，錢一直進來，有一筆五千塊美金的錢（換成二十萬台幣），美國的經手人是陳文成博士，是的，被弄死了之後從台大校園的七樓丟下來，做成意外的死亡。我們都相信，後來也知道，這五千塊美金是造成他被偵訊致死的原因之一。

《美麗島雜誌》連接著「美麗島事件」，幾百人的大逮捕開始，機警的施明德成功逃跑，躲了起來——有人收留了他，全島通輯，就是抓不到。

在他逃亡的二十五天裡，究竟是第幾天，因為是我一輩子最深切的恐懼，我選擇性的遺忘，不復記憶。總之，有一天，有一個自稱吳文的長老教會牧師打電話（那時候只有市話）給我，我們還自以為機伶的不敢到咖啡館，約在仁愛路的噴水池見面，開闊的空間，可以看清靠近我們的人，避免被竊聽。

吳文牧師交給我一張紙條，上面有熟悉的施明德的字跡，寫的幾個字：妳要不要在這幕史劇中，扮演一個可敬佩的角色。簽名只有一個英文的S字。

這紙條當然是為了取信於我，吳文牧師並非抓耙仔，而真的是施明德的聯絡人。吳牧師帶來的口訊是，施明德正要從目前藏身的地方搬離開，想要到我家來躲藏。理由是我並非圈內的政治、教會人物，只是一個作家，較不會受到注意。

最重要的是那時候我只有和一個姊姊住一棟有院子的三層樓小洋房，被施明德評估，並非公寓大樓，獨門獨戶沒有什麼閒雜人等，而且，都市中心，最危險的地方就是最安全的地方。

我立即反應是，我家裡不可行。因為害怕，晚上睡不著，我會微微打開二樓向馬路房間的窗簾，往外面探看。很多天來，深夜一直有一輛吉普車停在對街，車裡通常有兩個人，他們抽菸，暗夜裡菸頭縈縈的火花一閃一閃，作為寫作者的我，會形容像地獄的火光。

我建議我海邊有一個小小的渡假套房，冬天基本上沒有人去那裡，會是一個很好的藏匿地方。

吳文牧師來回聯絡，否決了這個提案：施明德說，平常沒有人住，突然有人，反而會引起注意。那個時候全島高達二百五十萬的懸賞賞金（我文化大學一個月只有七千多塊的薪水），只要有疑慮，會通風報信的人大有人在。何況施明德被媒體形容成十惡不赦的匪徒：「招風耳、眉尾下垂、嘴寬、上下牙均為假牙。」

接下來我還跟吳文牧師自作主張：「那我們去找陳映真，看有什麼辦法。」（陳映真跟我一樣，也只是一個「作家」，應該比較不受情治單位注意。）

施明德得知立即回傳嚴厲的制止：絕對不可。

我到台灣統／獨問題日益嚴重後，方瞭解到施明德對統派陳映真的不信任。當時我雖然介入黨外運動，統／獨兩方面都有很多朋友，但老實說，並不那麼深刻的感受到統／獨兩派彼此之間的不信任。總以為那時共同的敵人是國民黨，關閉起來的中國如此遙遠，統／獨不是議題。

我很快的瞭解，是我對政治的敏感度不足。

之後，吳文牧師不再來聯絡，我當然也不敢再去找他，只要一個不小心，我會帶來的，只有災禍，即便出發點是想幫忙。

接下來施明德下巴滿貼膠布，剛由張溫鷹動過整型手術，被捕。

我往前推算，他從第一個藏匿的地點，長老教會林文珍在敦化南路的家，要來我家，不可行後，到了許晴富西門町的房子，在那裡被捕。收容他的許晴富被判七年，如果當時來我家，本來應該是我。其間前來聯絡的林樹枝，又是另則故事，有機會再談。

整個過程我們都以為自己足夠小心，但是很可能，監控的情治單位早就知道一切來龍去脈，只不過故意不動手，想要引蛇出洞，揪出更多黨外的同路人。（或者那深夜停在我家對面的吉普車，是為了阻絕想幫忙的人？否則何以如此公然。）

不出所料，長老教會牽連在內，我尊敬的高俊明先生也被判七年。

我這一生不太後悔做過的事情，這讓我可以一直寫我想寫的小說，勇往直前無所懼怕。但是有一件事情倒是真的後悔了，當時那種風聲鶴唳的恐懼，使得我將施明德親手寫給我的那一張紙條，丟入我家客廳冬天燒的壁爐裡。我記得小小的一張紙條，瞬間被柴火吞噬。

我終究不曾在這幕史劇中扮演一個可敬佩的角色。我為我的膽怯和懦弱，多年來一直耿耿於懷。

我這一輩子至今，留在故鄉鹿港的時間，只有到高中畢業前，其實很短，之後到美國三年多，其餘的時間，都在台北度過。

很難說，故鄉之於我，應該是哪裡？

我年老的母親拿一張小板凳，去坐在家後門的門口，守著她的花，怕被小偷摘走。摘的人一定想，就是花，有什麼了不起，沒什麼的！

多年後，我在台北的家，知道跨過門前的那一條馬路對面，守候的吉普車等待著我的，會是牢獄。

高雄事件、美麗島大逮捕，當然是蔣經國下的命令，不需要多說什麼，這是一個歷史的事實，而我還親歷其中。親歷其中的意義是，這不是電視裡看到的烏克蘭戰爭。

有人一定仍然說這樣一句老話：「仇恨可以寬恕，歷史不能遺忘。」

以我自己的經驗，俄烏戰爭，對經過這一場慘絕人寰戰爭死傷無數留下來的親人，他們會很難寬恕仇恨，基本上是不可能的我知道，因為只要「親身經歷過」的人都知道。

那一條路以深夜裡的吉普車和菸頭的縈縈地獄之火，永存在我的記憶裡，我親身的經歷沒有到路的對面：監獄，但連這樣，我都知道，我並沒有遺忘。

我知道親人被殺的烏克蘭人，最終也只是會放下仇恨，但沒有寬恕。

只因為親身經歷。

慣看秋月春風的台灣政壇第一路

吳崑玉

正是八、九點的上班熱門時段，我站在青島東路鎮江街口那間早餐店的前面，仰頭朝向立法院青島門旁那幾棵大樹的樹頂吞雲吐霧，正望著出神。冷不防也來買早餐的同事往我後腦勺敲了下去：「你在想什麼哪？」

「你看那個陽光，越過黑金大樓（中興大樓）的屋頂，射在那些葉片上。」我手指著樹頂：「那些樹葉，一半反射著金色的陽光，一半保留著深綠，多像印象派的畫作?!這個街角，就是我的奧賽美術館哪！」

同事頓時露出作嘔加嗤之以鼻的表情：「吼！你今天是不是發燒了？怎麼突然文青起來？」立馬轉頭去領他的早餐。

如此反應不能怪他。這條街上平日往來的人們，不是達官貴人，就是拚命助理。不是行色匆匆，就是絮絮叨叨，誰有空抬頭欣賞那片藍天襯底的油畫神作？在某些壯烈的時刻，激昂的群眾擠在街上抗議，喇叭聲壓制了人們所有感官，煙霧遮蔽了天空，警察盾牌與鐵柵拒馬塞滿了視線，麻煩議題則沒日沒夜的佔領了本區人們所有的思緒與精力。太陽花大學生們曾在這條馬路上躺了快一個月，過幾年換反年改的八百壯士，用僅存的力氣來回搖動拒馬。號稱埋鍋造飯的抗議者，總是留個帳蓬擺兩個人守夜，年輕的女教師則是抗議到四點半準時下班，還被人拍了張「女教師走光圖」，是真的走到一個不剩。勞團的抗爭精力較旺盛，連續一個月，每天開著小貨車頂住青島門，以超大音量放一整天錄音帶：「民主之恥，吳崑玉！民主之恥，吳崑玉！」某天有人來協商，名片一遞，魔音穿腦，來客臉上表情極度「監介」，同事忙著解釋：「只是名字音同字不同啦！他們罵的是民進黨不分區那個吳焜裕！他在一館啦！」

在立法院工作的人們，總愛自嘲立法院是「瘋人院」，青島東路是中華民國的「亂源」，其實這話有點倒果為因。在立法院的人們多是學養俱佳的社會菁英，要不也是唱作俱佳的政治領袖，他們本來都不瘋，多半是被這裡每天進出的瘋人們給弄瘋的。除了街上看得見那些「未達目的，打死不退」的抗爭人群，辦公室裡更多的是跑來拍桌子打板凳的施壓者，或還沒開口就放聲大哭的陳情人，這便是每日「選民服務」的日常。吃中飯的時候，滿街眼神渙散的小助理，可能已經接了一上午的抗議電話，或是應付不知所云卻講了一小時電話的熱情支持者。吃完飯好不容易耳根清靜一會兒，卻總有個當年鐵定是士官長退伍的阿伯，每天下午準時報到，以足以叫全師集合的宏亮口令，穿透牆壁與門窗，大罵蔡英文與民進黨，而且隔一陣子還會更換段子。有天，在我中和住家附近，走著走著，突然聽到旁邊公園裡，傳出熟悉的聲音在練口令，「立正」、「向左轉」……，立馬浮出一股帶著點無奈的親切感。

下班時分，上午急急忙忙三腳併兩步趕開會趕上班的人們，又以更快速的腳步，逃離這是非之地。他們多半不是回家取暖，而是趕著「走攤」。你會看到黑頭車一輛接一輛，在街口等委員或官員上車，助理們則三三兩兩，成群結隊的攔計程車，或四面八方朝餐廳前進。高檔的餐會通常是在喜來登，所以穿西裝打領帶的多朝忠孝東路走。穿西裝沒打領帶往濟南路方向前進的，多是去蘇杭小館，那是中上級聚會所。脫了西裝穿襯衫的則向東左拐，前進上園樓，那是老助理們的天堂。他們會路過約莫經營三十年的蜜蜂咖啡，這裡可是老記者們打十三支和交換情報的聖地。旁邊不遠的青島排骨，多是最苦命的基層助理在排隊。千萬別小看了這間不起眼的便當店，如果青島排骨的便當藏了機關可以蒐集大數據，那將是台灣四十年來最珍貴的政治史資料庫。所有的委員會議、黨團會議、協商會議、預算會議，幾乎都少不了青島排骨，連熬夜加班的助理，辦公桌電腦前也常是青島排骨相伴。

至於對街的雙月，那是觀光客吃的，排隊的人講的不是日語就是韓語。雙號那排、鎮江街口的小七，應該列為古蹟保護。它不但是7-11最早的直營店，還曾是全台灣業績最好的門市。現在的店長當年曾登上《蘋果日報》「今日我最美」專欄，從少女店員做到少婦，後來盤下來轉成加盟店自營。只要是上班日，這裡就不斷進出人潮，直到晚上八點後才稍有停歇，它是熬夜助理們最好的朋友。據說，現在沒開二十四小時了，乍聞還真有點不習慣。

青島東路臥虎藏龍的不是商店，而是旁邊各棟樓上的辦公室。就我在望呆那間早餐店的樓上，是柯建銘總召的院外辦公室，多少國家大事與政商協調都在這間屋裡搞定。柯總召的樓上是花蓮縣政府北辦處，那可是花蓮王的地盤與休息室。旁邊的紡織大樓，藏著台中顏家的辦公室，還有一堆沒門沒號卻足以動搖國本的隔間。樓下的東北之家麻辣鍋，老闆當過侯友宜的機要。台灣知名的威肯政治公關公司，就在七號後棟，以前戰國策也在鎮江街角那棟樓上。某個年代，國民黨的選戰文宣幾乎全在這個街區內生產製造，稱之為「老K文宣工業區」也不為過。附近那些不起眼的大樓與公寓裡，有搞軍火的、搞環保的、搞科技的、搞進出口的……，只要經常必須跟政府部門打交道的營利和非營利單位，在這個Block裡多會有個辦公室，方便跟助理和委員們打交道。你以為的藍綠對立，壁壘分明，在這條路上並不存在，大家都在同一間麵店，同一張桌上，吃著同樣口味的家常便飯。

但即使是決定著這麼多國家大事的街區，也逃不過時代和歲月的摧殘。讓人最懷念的，是柯總召樓下那間「鈞甯咖啡」。三十年前，幾乎每天早上都會看到民進黨柯建銘、國民黨書記長韓國瑜，和新黨的頭頭郁慕明，在這裡吃早餐，喬定今天的議程和攻防，有時也會換換口味去蜜蜂咖啡。偶爾，郁老和某些政治人物會在鈞甯跟記者暢聊天下大事，各路人馬則各據一桌喬事。鈞甯的冰咖啡堪稱一絕，比小七洗鍋水好喝太多，至今令人懷念。鈞甯的老闆娘當年恐怕是比柯總召人脈還廣的在地耆老，幾乎大大小小，從委員到官員到助理再到國會聯絡人，沒有她不認識的。當年的服務員小妹後來嫁給她兒子，婆媳倆併肩撐起這間早午晚餐店快二十年。直到二〇一四年服貿爭議前，大陸資金開始炒作台北房地產，加上仲介哄抬，三十年老店被房東大幅調漲房租逼到搬家，到旁邊另尋店面經營，最後還是頂不過房租走人，不勝唏噓。諷刺的是，鈞甯原址後來開了間名叫「鍾國」的麵食館，餐食無比難吃，水餃還常煮到脫皮。太陽花學生們就躺在「鍾國」二字下抗爭，不知老闆煮麵的手會不會抖？沒幾年，鍾國又倒了，換一組年輕人來開四川牛肉麵店，大概抵不過疫情摧殘，最近又關了。

說來，青島東路上的住戶與房東，也是很悲催的。不知政府和建商當初是怎麼想的，怎麼會在這麼「熱鬧」的區域蓋國宅、賣住宅？每有抗爭，住戶們便得忍受無窮無盡的喇叭噪音，聲音大到室內都聽不見對方講話，常常氣到跑下樓來大罵徹夜抗爭的民眾，害他們不得安睡。三不五時還要被拒馬圍城限制出入，被煙霧彈和油漆煙燻上色。最奇怪的是轉角小七的二樓，沒記錯的話，多年前曾是立法院最有錢的次團厚生會所在，近年曾有某個軍公教政黨租為辦公室。房東據說是某縣長的親兄弟，聊起來也是滿腹苦水。天天鬧成這樣，誰租得下手？有人曾建議他，乾脆租給警政署或中正一分局當抗爭指揮所，要不就開間咖啡廳當監視哨。因為二樓那個三角窗，實在是上好的狙擊點，左邊看得見立法院議場後門誰在開記者會，正前方盯住行政院長出入的青島門，右邊與斜前方控制著整條青島東路和鎮江街，可說是抗爭現場警方指揮所、或媒體拍攝監控現場的最佳據點。房東聽了也只能笑笑，據說到現在還是沒人敢租。

其實，如此激昂混戰的青島東路還是很有情味的。白天，把頭抬高45度，你就可以看到立法院旁行道樹，襯著藍天映出的陽光，藍的、綠的、黃的、橘的，每個政黨都能找到屬於自己的顏色。夏天，三館旁那棵芒果樹還會掉幾粒土芒果下來，砸到的人會不會因此發現什麼定律？入夜的青島東路分外安靜，與白天形成強烈反差。有一年半夜，我從三館黨團辦公室出來，突然一股衝動，想在醜陋的拒馬和鐵柵上，掛幾條聖誕燈。為什麼青島東路命該如此，任由各路人馬無情踩踏？為什麼不能讓抗爭與拒守間柔和一點，不必那麼的尖銳對立？為什麼立法院旁的行道樹，從來沒能像市府和一〇一旁邊那樣包起火樹銀花，讓夜晚多點色彩？也許，這個街區四面八方的壓力，讓路過的人們產生了步槍瞄準般的「狹視」。容易因成功而得意，因挫折而憤怒，因急於完成偉大的目標與任務，沒有人真心想在這條路上經營人生，更沒人想美化生活環境。

也許某一天，站在青島東的路邊，把心靜下來幾分鐘，抬頭看看樹頂，靜靜攝錄一下路過的人們，我們會有些不一樣的人生體悟。在運動中體驗相對靜止，在混亂中尋得心底平靜，在紅塵中自有一方天地，正是老朽我這三十年在青島東路上鬼混橫行的體悟。青島東路若有些許靈性，也許會像那位長江上的白髮漁翁，任爾東南西北風，是非成敗轉頭空，已經慣看秋月春風，浪花淘盡英雄。永遠歡迎各路人馬放下執念與恩怨，一杯咖啡，一壺濁酒，古今多少事，盡付笑談中。

走馬拉松的運將

張國立

「紀先生，紀念的紀對喔，我們車隊有個姓計的，計畫的計，嘛是記，哈哈。愛吃什麼？沒來過？我替你點好了。不用客氣，我們各付各的，開計程車賺的是車錢，不能讓客人請吃飯。」

不多久，桌面上擺了四個碗。

「這家的麻醬麵一定要吃，我的是豬肝湯，拍謝，運將歸眠駛車，豬肝補精神。幫你點這家招牌的三合一湯，魚丸、餛飩、蛋包。試看看，先吃蛋包，半熟對吧，這款卵吃到嘴皮黏一起。」

他呼呀呼吃起麵。

「本來店沒有名字，我們開車的都叫它大樹下麵攤，以前在愛國東路華光社區那裡，老台北人都知。華光社區拆掉，就搬到愛國東路，也有名字了，稍等——頭家，你的店叫什麼名？幹，老啊，點菜單寫了，我看看，美星麵食館。以前在大樹下開早上，五點就賣，駛車一晚上，吃完再回家。」

桌上再多了兩個盤子。

「燙青菜和豬頭肉，菜單上沒有豬頭肉，老客人才知道，脆又嫩是不是？吃麵攤要跟運將走，我們一年三百天在外面這裡吃那裡吃，太貴的，不好吃的，謝謝惠顧，下次不來。」

他呵呵笑兩聲，悶頭滑動筷子，兩三下吃完麻醬麵，起身又去端來一碗餛飩麵。

「現在他們做晚上，也行，吃飽再去開車。半夜的車早讓給年輕人開，我開不動了。來這裡吃的最多是開車的，還有記者、印刷廠工人，反正台北不睡覺的沒人不知道大樹下，便宜又大碗，吃到撐死不會破產。」

他自顧自笑了好久。

「車隊說你包一整晚，我好久沒開半夜，嘟好回憶一下。啊，我們老司機差不多半退休，不跑大街，找到地方休息等車隊叩。有的會幾句英語，專接外國觀光客跑九份、野柳，本來車隊要大頭接你，大頭明天早上有韓國人包車，我才來，你夜遊喔？這幾年什麼客人都有，習慣了。我們車隊裡面，姓計畫的計那個，大學畢業去日本念碩士回來，考到日本導遊執照，不願被旅行社請，自己開車接客人，讀到碩士開計程車，我們老灰仔吃什麼？幹，生意好到要上網預約。」

抽衛生紙抹抹嘴，他兩手從桌面移到大腿，像努力撐住沉重的上半身，兩眼瞪向對面。

「你有路線嗎？車行只說先去保安街，那裡晚上有什麼好逛。我保安街在地的，這樣說，保安街卡在大稻埕、雙連、大橋頭、寧夏夜市中間，古早以前有酒家、賭場、鳥仔間，晚上十點以後開始熱鬧，先一清抓流氓，再阿扁做市長廢除公娼，保安街和萬華的寶斗里就沒落了，客人要是愛這味，我帶去廣州街還是三水街，看要茶店啊是越南妹的樓鳳，比保安街好玩多了。好，保安街就保安街，車隊叫我們客人至上，服務第一。」

顯然他起身慢了點，沒機會付帳。

「謝謝啦，給你請，不好意思。以前麵店是攤子，客人坐在外面的樹下吃，比店面好多了。」

他在店外匆忙抽兩口菸，順便瞄了暗藍色天幕一眼，今晚陰沉沉，看不到月亮。

「尤其夏天的早上天剛亮，吃飽站樹下曬五分鐘太陽，你不知多爽。人就這樣，白天不曬，到開完車，累得快趴下去，才體會陽光多好。」

車子駛過中正紀念堂、總統府、西門町，駛過燈光下張嘴不語的北門。

「紀先生哪裡來的？觀光喔？聽起來像廣東音，不是啦，我不喜歡講政治，沒營養，計程車休息站有些人愛講，講到變面快打起來，拍謝，講到變臉啦，大家心情都被打壞。」

進延平北路，商家多已拉上鐵門，他右手一擺，「這裡和西門町不一樣，過十點沒人做生意。紀先生保安街有朋友，以前住過這裡來回憶？我兜幾圈你看看，很短，半小時可以連大龍峒也走一圈。對，我在這一帶長大到十九歲，提前入伍，當三年兵，陸一特，人家當兵兩年，我們三年，等退伍回來我家已經搬去三重，過河而已，很近。在軍隊學會開車，工作不好找，本來在河邊豆乾厝幫忙，養小姐的那種鐵皮屋，河邊搭一間一間，我爸說那種生意不好，年輕人會學壞，改行開計程車到今天。還不錯啦，我老婆胖三十公斤，三個小孩大學畢業，做人，還想怎樣，有交代就意思到了。」

車子忽然緊急剎在路邊。

「你說誰？老鼠？啊——紀先生認識我們豬屠口的老鼠老大？」

「老鼠大仔，對不起，說老大的名字講台語卡順。老鼠大仔的地盤是豬屠口，靠北，過大橋頭的蘭州街那裡，現在叫昌吉街。聽名字也知道，日本人時代那裡是殺豬的屠場，有錢的住大稻埕，中產的在雙連，很多從中部來的住豬屠口破房子。我家也是雲林來的，好像我阿祖幫忙趕過豬，賺幾文錢養兒子。不是美國西部片趕牛那樣的趕豬，豬從中部上來，用火車送到雙連車站，我阿祖從車站用牛車把豬載來。牛拉車，豬坐車，好笑喔。

「天快亮差不多四點半殺豬，整個豬屠口到處是豬的慘叫聲，大家習慣了。我們那裡很多人家靠殺豬換三餐白飯，再把豬送去像永樂市場那一帶，要是有錢人，天天吃新鮮現宰的豬肉，沒錢的買切剩下的照樣新鮮，黑白切是這樣來的。老鼠大仔家裡本來殺豬送延平北路、保安街那裡的酒家。不早說老鼠大仔，出獄以後他去保安街混，隔一條民權西路，人頭熟。大仔勢力很大。你是老鼠大仔生意上朋友還是親戚？不好意思，我亂問你隨便聽。

「因為住的人多從外地來，沒錢沒關係，有地就蓋房，高玉樹當市長，規定城裡不能殺豬，豬屠口變成很多小店，要不然去工廠上班，到中山北路的餐廳打工，賺沒多少，勉強生活啦。有的招親戚朋友上來，房子蓋到看不出巷子，老鼠大仔想出辦法，搞賭場。

「多喔，每條巷子都有。賭場變成豬屠口的——你們怎麼說？對，經濟命脈。每天晚上有人賭，就得有人賣菸賣酒對不對？半夜肚子餓，要有人開小吃店對不對？贏錢的回家坐三輪、計程車，車子在昌吉街排隊。不回家的找小姐唱歌跳舞，那卡西又有生意。我十五歲進去幫大人買菸送麵，他們說小孩方便，警察不注意，這樣跟了老鼠大仔。

「豬屠口做博局，老鼠大仔賺了錢才去保安街發展。大稻埕那裡進不去，不同世界，我們最多只能在延平北路這一帶混，大稻埕有自己的角頭，聯合會、商會什麼的。

「一清是民國七十三年十一月十二日，我記得清楚。他們要抓竹聯的陳啟禮，派出所的說和我們沒關係。幹，騙肖——不好意思。

「十二日抓到陳啟禮，十三日晚上來豬屠口，老鼠大仔不怕他們，警察、憲兵不敢進來，這麼多小巷子，他們根本搞不清老鼠大仔在哪裡。我十七歲，和另外幾個少年的在巷口抽菸呷檳榔，大仔叫我們不要亂跑，眼睛睜大看有沒有警察，我們還在想警察來會先打電話，憲兵來要做什麼？

「巷口？剛才經過的公園那裡。承德路以西到淡水，告訴你，公園比台北其他區更多，不是比公園大，每個都不大，可是多。老一輩的說豬屠口人口密集，房屋亂蓋，巷弄窄，政府就趁民間改建畫出很多公園，豬屠口自然散了。

「十三號那天晚上？我找個地方喝茶再說。」

車子停在靠環河高架道路旁的茶行前，茶行打烊了，不過他趁鐵門拉下來前，探頭進去。

「以前逗陣仔，當兵在一起，退伍打工在一起，我開計程車，逗陣仔跟他阿爸學做生意，賣茶葉，開起茶行。」

老闆搬個小桌放店門口，電線拉出來煮開水，司機泡茶請客人喝。

「南投來的烏龍，你看我朋友多好客，我們豬屠口長大的，爸爸認識爸爸，要不然阿祖認識阿祖，講一講，三代以前不是親戚就是鄰居。」

老闆拿來一盒點心，又折回店內看電視。

「大稻埕李亭香的平西餅，台語說冰沙，普通話像平西，講白的，綠豆椪，這樣你一定知道。李亭香老店，以前有錢人結婚來訂喜餅。用白鳳豆做豆沙餡——上面印咖哩，不對，啊，這個，上面印白玉。好吃，對不對，配茶最好。」

他咬了一口咖哩的咂咂嘴。

「十三號那天晚上。放心，沒什麼不好講，都幾十年過去了。」

「我十七歲，在巷口抽菸，大概半夜了，忽然聽到警笛聲，和警車的警笛不一樣，跑到街上看，大台的消防車，五輛，兩台有雲梯。我想哪裡失火？沒看到煙啊。我算算，連我一共七個，我們守巷口的全跑去看，不是警車憲兵車就沒關係。消防車圍住巷口，消防隊的拉水管，一下子我們全被水管攔在裡面。然後聽到警察吹的哨子，壞了，消防車後面是警車。

「我來不及算，至少幾十名警察。一起抽菸的眼鏡仔踹我屁股，叫我趕快進去對老鼠大仔說，警察已經圍來。消防隊用水管噴我，水柱很強，地也滑，我滑了一跤沒被警察抓住，可是跑進巷子又滑了好幾次。看到我右手這裡的疤沒，那次摔的，流很多血，腫一大包，以為可以免當兵，醫官說骨頭沒斷，別想逃兵，真價衰。

「老鼠大仔的賭場在裡面柑仔店旁邊，雜貨店，那時只有雜貨店，吃壞一點，SEIBUN ELEBUN還沒出生啦。」

「我衝進賭場，裡面真的和燒屋差不多，桌子上面飄的都是煙，一晚上他們可以抽幾百根菸。我喊，大仔，警察。那次我相信老鼠真的是大仔，不慌不忙，他問是不是派出所的？沒有認識的？當然沒有，派出所的就好辦了。我說都不認識，大仔他抓起面前一大把新台幣塞進夾克，從後口袋摸出黑星，大陸來的槍，流行好久，聽說便宜好用。他從窗戶跳到隔壁，再從隔壁的窗跳到後面另一條巷子，啊講實在的，警察想在我們豬屠口抓人，頭腦壞掉。

「我沒跟，人家說我傻得站在屋裡發呆。好像有兩三個兄弟跟他後面跳出去，其他的往不同方向跑。

「有啊，大仔塞了一疊錢給我，叫我趕快回家，他會找我。他還說回家打電話到派出所問主管到底怎麼回事。很多人推我，他們要逃命，我要回家。我爸我媽早睡了，我把錢藏進冰箱再跑出去看，哇，到處是警察，到處是水。看到派出所主管，他在後面陪一個大官，第二天有人從報紙認出大官是台北市警察局局長。主管沒有用，他連一清掃到豬屠口都不知道，還在夜市吃臭豆腐。

「我到處跑，警察真的一條巷子一條巷子掃蕩，要不是老鼠大仔不想連累鄰居，警察歸世人也找不到他。天亮，他和里長出來投案，氣魄，他站在巷口扔三把槍到水車前面，對警察的槍口和消防隊的水管嗆，你們要找老鼠飲茶，在這裡，不要亂找人。老鼠大仔很矮，一六二公分，從小被叫老鼠，把一八〇的打得哀哀叫。講到一清抓的幾百個角頭，老鼠大仔出場的姿勢最讚，不是我說的，保安宮林桑說的。

「天亮被我媽逮回家，我爸問冰箱裡的錢哪裡來的，我說老鼠大仔的，他嘆很長一口氣。紀先生，你聽過至少幾百人嘆氣對不對，聽過嘆到快沒氣那樣的嗎？我爸就嘆到快斷氣，他要我收好錢，老鼠仔的一毛不能少，流氓計較別人吃他的錢。一共五萬三千兩百元，和現在不一樣，沒有一千元的，你看一百元的加在一起有多大一疊，用報紙包成兩包，外面再用我高職的軍訓制服包，塞進衣櫥最裡面。你不知我多怕，每天上學前看一次，放學看一次，睡前看一次，怕錢不見了會被老鼠大仔打死。老鼠仔打人喔，用台語說更真實，用斬的。

「豬屠口被衝散，第二天，十四號又傳說要抓人，我在電視新聞上看到，十幾個大哥被綁成一串送到地檢署，老鼠大仔被抓了，他們還要抓誰？消息派出所傳出來，每條巷子到處是人，警察拿名單和戶口名簿點名，像這樣，叩叩叩，這裡姓紀吧，叫紀叉叉出來，沒事，到派出所簽名，上級要我們確定紀叉叉的行蹤。紀先生，你去不去？你不敢不去，報紙上說警備總部奉命抓光全台灣的黑道。欸，黑道兩個字範圍太大，圍事的算不算黑道？賣茶葉的算不算黑道？打麻將的算不算黑道？如果打麻將的算，公園裡賭三國的阿公、阿叔呢？圍事的說不定從來沒打過人、殺過人啊。不管，他們名單上的全抓。

「我爸問名單上有沒有我？啊誰知。豬屠口到保安街，檳榔仙、哈貝兩齒、阿新、臭頭囡仔在十四號被抓進去，十五號還要抓，派出所說沒達到業績目標。我們幾個年輕的決定要抓給他抓，沒錢跑路，又未滿十八歲，他們能怎樣。晚上吃完飯坐在巷口抽菸等警察，who驚who。等到十九號連一起坐巷口的厭頭仔也在學校被抓，卻沒人抓我。

「不好意思，你包車，聽我在講八卦。」

他收起桌子，拉開紗門，放進屋內。「逗陣仔，多謝，來去囉。」

車子回頭重開一次昌吉街，所有的店已拉上鐵捲門，街上靜得連機車引擎聲也聽不到，離河愈近，晚上愈沒人，偶爾出現的汽車也獐頭鼠目不開大燈。

「轉彎不打燈，晚上不打燈，省那點油錢是要養小三！」

這趟車子轉進巷子，這個巷子進去，那個巷子出來。兩邊的房子看不出當年豬屠口面貌，但看得出寂寞與生活印下的齒痕，鐵窗使公寓蒼老，停滿的機車令人生被壓縮得喘不過氣。

「我在前面那裡坐了五個晚上，管區的每晚來，賭場暫時不營業，李仔他們穿吊嘎柴屐站在巷子裡，巷子很窄，他們站兩邊，管區走在中間說不定會被沒刮的鬍子戳到。李仔隔天被抓，我猜管區不爽，把他名字加進名單。李仔聰明人，出來混，不進去關一下將來怎麼嚎哮、吹牛。七十五年羅董他們在牢裡成立天道盟，這你知夠，每個放出來可以稱我是天道盟的，沒進去蹲過的馬上矮一截。李仔在保安街走路有風是出來以後的事，那時老鼠大仔回雲林選議員，對人說不當議員沒保障，要李仔顧他老地盤。」

車子停下。

「這裡，我每晚站這裡，其實我很怕，你看，這裡看得到巷口，後面是另一條巷子，如果管區進來看到我會笑還是什麼的，一定是來抓我，可以站著等他，可以轉身跑走。覺得被抓認倒霉，覺得被抓就完蛋了，可是不被抓，好像很孤單，像孤兒。你懂意思嗎？連李仔也被抓，李仔捏，進鳥仔間不敢脫褲子，到學校不敢坎老師布袋，這種咖也被抓，居然沒人理我。」

他又抽起菸。

「今晚難得遇到紀先生，又是老鼠大仔朋友，情緒複雜，不好意思讓你聽我講這些亂七八糟的，我開車不能請你去喝酒。老鼠的錢？我回學校念書，沒辦法，我爸說不念書不准住家裡，只好把錢給我爸存銀行。念完去做兵，三年被人操得要死要活，開戰車，湖口冬天的風吹得人站在太陽下面還發抖。退伍回家，我媽把老鼠大仔的錢拿去買房子，買三重，我開車一直存錢，每天存一百，透早出門連開十八個小時，人坐在車裡快生蘚。走，我再帶你去保安街看看，不一樣囉，延平北路的酒家剩沒幾家。」

車內沉寂好一陣子，從這條巷子鑽進那條巷子，穿過歸綏街停在民生西路的杏花閣對面人行道旁。

「老鼠大仔被放出來，這一帶角頭請他在這裡喝酒。你看，搭了鷹架，聽說要拆掉改建，連杏花閣也沒了，台北不是台北了。李仔相招，很多豬屠口的兄弟仔去參加，我幾天後聽說，他們找我我也不敢去，存了兩年錢又花掉，要再存，我發誓一定要存滿五萬三千兩百元拿去還他。老鼠大仔沒找我叫我還錢，說不定他太忙，還是忘記了。想到錢，我真的不好意思，害我好幾年只敢跑三重、蘆洲，不敢過河來。不是怕老鼠大仔會對我怎樣，人家臨難把錢給我保管，結果我把錢花掉。」

車子離開民生西路，無人的街頭忽然出現亮光，停滿汽車和機車。

「這攤讓我請，旗魚新竹米粉，他們做半夜的，做到早上五點，我們開車的常來吃，你坐。」

兩碗冒著熱氣的米粉送到桌面。

「紅燒肉和你們廣東人的不一樣，正港台味。豆腐一定要吃，炸蝦子對男人好，我老了，沒用處，你少年，來，吃蝦子。」

他喝一口湯，「哇，燒滾滾，好吃吧。紀先生，你到底問老鼠大仔做什麼？想起來，他去過大陸做生意，做生意失敗，回台北，他小弟李仔被人打掉，豬屠口到此算結束了。他也老了，有六十三囉。我有事沒事會打聽，關心啦，五萬三千兩百元早準備好，不敢拿去給他，老鼠大仔人不錯，他會這樣歪臉看我，啊這麼多年，你今天才來，是怎麼，怕我打你槍？飲酒，沒飲醉不要出去。我不能喝酒了，心臟裝了支架，我們這行無日無夜，憋尿幾十年膀胱不好，吃太多沒運動血糖高、血壓高。」

又送來兩個盤子。

「炸花枝和炸雞捲，不要客氣，年輕人，能吃是福，到我的年紀，吃什麼都有副作用，幹，隨醫生怎麼說，往病床一躺，麻醉藥打進去，刀在他手裡，連抗議也來不及。」

他吃完米粉，拿保溫罐去加熱水。

「你問老鼠大仔住哪裡，我不知道，上個月聽說在華亭街，幾年前和華亭街賣魯肉飯的女人逗陣，以前他們是小學同學，很奇怪齁，老男老女又見面，喝咖啡聊聊，不然找旅館摸摸老手老腳，他們竟然住一起。我見過那個女人，十七歲那年，老鼠大仔很多女人被她知道，拿洗菜的盆子，這麼大，嬰兒可以在裡面洗澡，從豬屠口北邊追到南邊，盆子打得東凹西凹，大家快笑死。」

外面落起雨，不大，路燈下看得出斜槓那樣一條一條發著光。

「老鼠大仔身體不好，保安宮林桑講的，老鼠大仔有時回去拜拜，比以前更瘦，開過兩次刀，胃拿掉一半。保安街變了，整個台北變了，他搞些有的沒的，生病以後很潦倒，賣魯肉飯的女人收留他。我帶你去華亭街走走，不遠，後車站。」

他起身去付帳，嘴裡念著：

「換我請，沒多少錢啦。」

當他付完帳轉身回來，紀先生不見了，放在桌上的車鑰匙不見了，黃色的計程車也不見了，他只看得到閃在雨裡的紅色尾燈。

發了一陣子呆，誰會在台北搶計程車？跑了八年的舊TOYOTA賣不了多少錢說。

忽然他想到什麼，提起腳步衝進雨裡，雨不大，可是地已經濕了，他的涼鞋踏著水灘踩出帕滋帕滋四濺的水花，順延平北路往南一直跑下去，不遠，過了昌吉街、保安街到南京西路就是華亭街，他滑了一下，整個人趴在濕漉漉的柏油路面。他該打電話去，糟糕，手機留在車上。坐計程車去，口袋內的錢付完米粉湯只剩十幾元，其他的錢也在車上。

不行，一定要去警告老鼠大仔，姓紀的不像好人。爬起身他在雨裡繼續跑，忘記他血管的支架，忘記他的關節炎，甚至忘記他已經多少年沒跑步。雨水打在他臉上，他沒停下腳步，不過在涼州街口他不能不跪下，把剛吃下的米粉和稍早吃的李亭香平西餅、大樹下的麻醬麵稀里嘩啦吐在人行道。大同區巡邏警車停在他身邊，下來的年輕警員問他，阿北，沒事吧。沒事，他揮揮手，吃太飽。警車一走，他起身再往前跑，過了歸綏街，感覺好多了，像回到十七歲穿吊嘎和白布鞋的日子，他頂著迎面而來的雨點筆直往南跑，對，電視新聞裡走馬拉松那些人同樣往前跑，腳步踩出節奏，呼吸喘出韻律，紀先生不知道魯肉飯的位置，不清楚台北的街道，華亭街不長，也是街捏。他保持速度一定能趕在前面警告老鼠大仔，他會喊，老鼠大仔，我啦，你細漢欸阿明啦，記得沒，有人找你，緊閃。

他伸出舌頭舔掉嘴唇的雨水，舉起手抹抹所餘不多的頭髮，他像台北馬拉松、東京馬拉松、波士頓馬拉松的選手，一步步堅定往前，沿途留下老婆買的優衣庫外套，留下右腳的涼鞋，他一步接一步，想到保安宮林桑說的，阿明，老鼠大仔回來了，在杏花閣，李仔沒找你？

再留下左腳的涼鞋，從來不曾如此勇壯，他像非洲人走馬拉松那樣的輕快向華亭街前進，別說雨，三把黑星也攔不住他。

阿明覺得，說不定他可以跑回民國七十三年十一月那個秋天的夜晚。

穿過街道的遠方是昨天

廖志峰

我一直在城市裡生活，工作，行走，總覺得這城市令人窒息，沒有風景。

有一天，我讀到了法國作家蒙迪安諾的小說《在青春迷失的咖啡館》，透著時代的懸疑、朦朧，以及青春的迷惘，著實讓人著迷，我跟著主角在巴黎的街頭逡巡，探查人生的出口。小說的結局不太意外，意外的是我也開始在街頭流連，思索自己的人生，檢視過去我忽視的路徑。蒙迪安諾像施了魔法幫我打開了眼睛，他作品中的街道像是一把鑰匙不斷開啟過去的暗門，我則像發現新大陸一樣在台北的街道上行走，不帶特殊目的，卻讓我有了不曾有的感受，找回了時間的記憶幽徑。

我們一生中走過許多街道，不管是台北甚至國外，我們通常經由街道抵達一個特定的目的地，也許是餐館，旅社，或朋友的家。但還有一種我所未曾深究的底蘊，時代感。中年以後的我重新發現的第一條街道是赤峰街。赤峰街屬於過去的淡水線雙連站後站的範圍，彼時被稱為打鐵街，現在已沒有了打鐵的時代殘跡，但是汽車維修廠和販賣電器的店家仍在。很多年後我才知道我高中的同班同學也在雙連出生，只是我們分屬鐵路的兩邊。一次他告訴我，他讀如今不復存在的協進幼稚園（建成公園內），下課後總沿著赤峰街回家，一路看著剛開始在電視台播出的布袋戲《雲州大儒俠》。

這樣的童年記憶屬於五年級世代專有。我那時並沒有真的走進這條街，但我有時會跟著祖母到街口附近的信成油行打麻油，我之所以對這家麻油店印象深刻，倒不是我多愛吃麻油雞，而是每次趁著買麻油之便，我會吃到他們提供給客人吃的麥芽糖。或許這就是跟著我一輩子，造成我不少痛苦的蛀牙源頭。我後來搬到了基隆，每天往返台北工作，有時趕不上末班車回家，就在後站隨便找個旅館過夜，有一天不知道是什麼樣的召喚，我在雙連附近租了套房，趕不上車時就睡台北，其實是懷舊。不同的是，再沒有火車在鐵軌上行駛，火車化成了捷運在地底下轟隆地奔騰而過。我經常在夜裡遊走，不知道要尋找什麼，街道成了我的隱身所，就像蒙迪安諾小說中所提到的「中性地帶」。

正是在雙連街頭晃蕩時我發現了打鐵町。打鐵町位在赤峰街四十九巷底的一棟舊洋樓裡，它的真正入口開向捷運綠帶公園，雖然店面小，但座位的安排卻溫暖合宜，不論是四人座位，或吧檯位置，每個人都可以自在享受這個自成一格的飲食空間。我第一次路過時，店面還在裝潢，我問施工的師傅：請問這間是什麼店？居酒屋。居酒屋？我大喜，再沒有比舊的鐵道旁，開一家居酒屋更迷人的事了。我等著開業。我和店主小周並不認識，純粹是因為它得天獨厚的地理位置，美味平價的食物，和混雜了舊時代的氣味，讓我十分著迷。

我通常來此只是吃炒麵，喝清酒，配著毛豆或黑豆，沒和老闆打招呼。我喜歡店裡的氛圍，牆上貼著的海報或雜誌上的圖照，既有復古感，異地感，但生氣淋漓，充滿真實的生活氣味，帶點情色想像，濃濃的台日混合風。我開始約朋友來此小聚，以座椅的舒適度來說，年輕的朋友可以忍受這種沒有靠背的木頭椅凳，但年紀大的朋友就無法久坐了。你一旦習慣了這店的溫暖熱烈氛圍，你甚至可以從黃昏坐到午夜。我和小周是慢慢熟的，有一次我寫了一篇介紹赤峰街風情的文章，登在《財訊》，其中寫到了打鐵町，後來路過時，小周從廚房裡探出頭對我說：我看到了。那或許是我們第一次除了點菜以外的談話。比較熟的時候，我問小周：你是雙連人嗎？你怎會想到這裡開店？我本以為小周和我一樣是在追尋過去的人。不是的，他既沒有地緣也不是朋友介紹，一開始，他沿著捷運沿線，一站一站地尋找店面，終於找到位在捷運中山和雙連之間的赤峰街段，他喜歡雙連市場這一帶，認為這裡是台北市的中心。中性地帶。我沒找到過去的人，卻發現了一家居酒屋。

我最喜歡來的時刻是子夜，尤其看了晚場電影後，慢慢踱步來這裡。十一點以後已經不供餐了，還是有毛豆下酒，我坐在臨街的吧檯前，聽著車聲滑過，像濺起的琴音，敲進心裡，激起某種漣漪。安靜的夜晚，車子像是闖入者。當然有時也有警車，或是送酒補貨的貨運經過。小周如果忙完了，我們就會坐在路邊喝著清酒，漫聊著青春往事，我喜歡這樣的時刻，好像整條街都屬於我。小周比我年輕，留著小鬍子，很性格，見過的人，見過的世面遠比我多，我一直都像是坐在臨街的酒吧，啜幾口酒，不時對著虛無的人生吐出幾口輕煙喟嘆著的酒客。偶爾有別桌的熟客，小周也要我拿起酒杯加入他們，他怕我落單。我其實不怕的，但客隨主便。我聽了一些別人的人生故事，在燈闌酒盡之後，那些故事也隨風而散。

除了赤峰街，我也經常往大稻埕走去，一種晃遊狀態，就像蒙迪安諾書中的主角，依據的其實是一份朦朧不清晰的舊地圖，只有幾個心理座標。大稻埕就像是一個長方形的曬穀場，大約由今天的承德路，淡水河，民權西路，以及長安西路所圍成的範圍裡，可以想像當年曬穀時一片金黃的盛況，而中心就是迪化街。迪化街是

第二條進入心底的街。這條街道從清代開始設置，寬度仍維持當日規模。十年來迪化街起了很大的變化，除了仍然有南北貨、雜貨、中藥、布匹等舊行業，許多新的店家也進駐了，引領年輕人走進來，讓人感覺世代的風吹起了，彷彿要捲起一股文藝復興潮，其中我發現了一家非常有特色的酒館，Antique Bar 1900。

酒館位在原建於一九一七年，充滿巴洛克式風格的屈臣氏大樓三樓，挑高六米的空間，如電影場景般夢幻，內部陳設充滿二十世紀初歐洲風味，尤其是主人收藏的各式精裝圖書、打字機，加重了藝文氣息，彷彿每個走進來的酒客都是海明威。主人Alan說：店名來自於我很喜愛的藝術風格，「新藝術」(Art Nouveau)，這也是店裡物件與裝飾的主要元素。新藝術盛行的年代在一九〇〇年前後，是歐洲（尤其以法國為主體）俗稱的「美好年代」(La Belle Epoque)。充滿歐風的酒館，讓我在疫情期間成了轉換心情的最佳避難所，好像一扇隨時可以穿越的任意門，瞬間到了巴黎。我問Alan為何選在這裡開店？留著兩撇達利鬍，充滿藝術家氣息的Alan說：我喜歡大稻埕新舊交雜的氛圍，有傳統的中藥行、南北貨，又有年輕多元的文創商店，非常吸引人。

我總挑人少的時候來，想一個人安靜地喝酒，享受空間，看著窗外百年來流轉又未曾遠離的光影氣息，感覺一個時空通道是打開的。雖沒有聽到其他酒客的故事，但我卻聽到一則關於「月光」的迷人故事。酒館裡有一架鋼琴，我一直以為是裝飾用的，一次我與兩個不認識的音樂家同時在酒館喝酒，Alan說會彈德布西《月光》的客人可以免費喝一杯紅酒。一個音樂家翩然起身，於是我聽到了如月光般明亮的旋律，在酒杯之間流淌，在酒館裡迴盪，一場午間音樂會，只對少數人開放。奇異的恩典。我不禁好奇：為什麼是德布西的《月光》？Alan說他一直嚮往巴黎，尤其看了《愛在日落巴黎時》，對男女主角多年後在巴黎左岸的莎士比亞書店（Shakespeare and Company）重逢時，背景音樂就是德布西的《月光》，他對這一幕印象深刻。當他有機會到巴黎旅行，莎士比亞書店成了他的第一站，書店的一樓販賣著各式書籍，二樓則提供許多青年作家寄宿，當他走上二樓時，突然聽到了德布西的《月光》，他震住了，不敢相信在這樣的時刻竟有如此天籟，他發現音樂來自角落的鋼琴，一個年輕人正在彈著《月光》。Alan說那時起他就立誓，如果他有一家店他也會擺鋼琴讓客人彈。這是關於德布西的《月光》，我所聽過最美的故事。

酒館當然還有許多故事，生命的街道也不僅止於這兩條，我的晃遊只為安靜自己的心，街道帶你到遠方，而遠方的盡頭是昨天。

永樂
食中心
各種布
零售·訂做·加工·

火車緩緩駛過

夏夏

孩子吵著要再聽一次打鼓的故事，我們的車剛下中正橋轉入汀州路二段，是古亭區所在。幼小的目光識得這段常行過的風景，想起曾順路牽他到廟口看鼓亭的遺跡所在。他喜歡聽故事中守夜的村民踞在高高的亭子裡，輪流盯著黑鴉鴉的稻田，以免盜賊摸黑來襲。特別是聽到守衛者咚咚敲鼓喚醒眾人時，他黑色的眼珠就放光。

我們常到這附近的公園玩，再到同安街上找吃的，有時候路過廈門街巷弄，忍不住停下來張望我曾住過的那棟藻綠外牆舊公寓，好奇一樓的老好人房東還在嗎？過得可好？可惜孩子沒耐性聽這些往事，淨顧著往前走。

一行人拖拖拉拉邁向汀州路與同安街口，交通依舊繁忙，這兒巷口曾是一間老麵店，店主睡在塑膠簾子後面，醒來就煮麵，父親愛吃他們的麻醬麵。不過現在都換了，街上開起越來越多時髦店面，我一個都不識得。街上不時有老者行過，邁著古老的步子悠悠晃著，在他們眼裡此街應當又是另一番光景，景中必有樸實而忙碌的車站。

如今繁忙的路段曾經寂靜，只有火車隆隆駛過時才傳來機械的節拍，載運旅客往返新店與萬華間。雖僅能從文獻資料上得知萬新鐵路昔日風光，但每回重遊舊地，彷彿坐上回返時光的列車，帶著既熟悉又陌生的目光巡禮。而我二十多歲至三十前半的人生，幾乎就在這條路上流淌著。我也曾經像一列急駛而過的列車，不顧一切向前衝。

學校畢業後，短暫借居中和的叔叔家裡，不多久便搬出，第一個落腳處在替代役中心與螢橋國中後的水源整建住宅。這兒清一色是五層樓公寓，各戶隔間與空間參差，窄仄不堪。為了便於辨認，公寓牆外刷上編號，我起先住第七棟，後來搬到第六棟，前後住了十多年。不知不覺，也習慣這兒居民貓一般的眼睛，躲在窗後覷著外頭動靜，沒有大事不隨意現身，每個人都有自己的日昇月落，在各自的時區裡作息起居、走路、購物與呼吸。打搬來第一年起，定期聽聞都更會議，不過高齡化的社區不太搭理這些風吹草動，況且常居的住戶中半數是外地房客，真正的屋主能離開的，早已在外生根，產權紛亂得如同社區前處的榕樹林，盤根錯節恣意生長，不能收拾。

拍電影的朋友來訪幾次，讚嘆此處渾然天成的氣氛，每個轉角都是一個景，專拍落魄。後來樓下真搬來電影公司，跟他們混熟後，常見敞著門開籌備會，螢幕上的熟面孔自在進出公寓，還真有走入電影的錯覺。片子上映後，一時備受矚目，我也進戲院看過。

在這之前，向來低調的詩人S前輩也尋到這兒找住處，在巷口第一棟。記得屋裡有高懸的木造儲藏格，如同棺木與神龕並列，大概是要應付早年空間不足，給小孩子將就睡。久經年歲，房屋既潮又黴，看了驚悚。不過我也因此開始認識些詩人前輩，義務替詩社處理行政雜務，開詩刊會議時在旁邊吃蛋糕瞎胡鬧，沒想到成了我日後寫詩的啟蒙。

那時候我養狗，去哪兒都帶著牠。在這廢墟般的邊緣地帶，卻異常容易去到任何地方。趕劇院看戲，往南海路書香市集，到台師大附近的咖啡店參加新書發表會，都是日常。沒錢的時候，到羅斯福路上的大世紀看二輪電影看到飽，從幻夢的黑夜出來時，常常迎接我的已是現實的黑夜。

也帶著狗去書店「舊香居」坐上一會兒，懵懵懂懂的聽「大人們」聊天，或到永康街的Mei's Tea Bar，總會遇上幾個作家在裡頭閒談。就是吃自助餐，都能遇到作家前輩同桌。我們笑說，這裡租金便宜，窮作家窮藝術家都擠在這兒。二十多歲的時光彷彿在街上奔馳著揮灑而盡，尚且不知道窮字背後更大的意義與空洞其實是無關金錢的。

現今想起來，更懷念的是每日早晨與傍晚，牽著狗到社區前面的樹林散步。偌大林子靜悄悄被忘在市中心，沒有圍牆阻隔，只有居民隨意走動。那時候沒留心政策的變更，誰知沒幾年後被拆除，改建客家文化主題公園。又在沒注意到的時候，一座巍峨的橋默默搭起，穿過水源快速道路上方，抵達河濱公園。轉眼間，兒童交通博物館走入歷史，旋轉木馬、碰碰車、漂浮船都去哪兒了？最讓人懷念的是模擬道路系統，縮小版的平交道、斑馬線、紅綠燈與高速公路一應俱全。只是我居住的那些年，設施幾乎停擺。我們總是繞著這些路散步，狗兒聞著牠的草木，我想著我的心事，一圈又一圈走著。

原以為改變是緩慢的，像蠶食般耐著性子伸入底層挖掘，一磚一瓦的挪移。或許是因為那時候的我正經歷各式各樣的劇變，學習擁有與失去，次次回回都翻天覆地的狂暴。又或者每一種改變其實都是一瞬，像鯨吞般說沒有就沒有，任憑抗拒也是枉然。

然而也有些改變是欣喜的。

同安街巷底的紀州庵文學森林曾經是燒毀的半座木樓，用大片藍白防水布半掩，外搭鐵皮屋頂遮雨。焦痕烙印在木柱上，散發讓人無法親近的陰森感，向來只被經過，不做停留。是廢墟的廢墟。

二〇〇六年，依傍這片殘破，海筆子劇團搭起帳棚做戲。前些日子和當時台上的演員聊起這往事，兩人日漸鬆弛的腦力竟想不起戲名，連演什麼都忘了。但我記得坐在臨時搭建的觀眾席上，刺骨寒風四方撲來，雙腳踩在溼濘的土裡，而整座戲台則像隨時要陷進爛泥。劇團裡的大姊在帳棚外煮著大鍋菜，笑談如何跟鄰居借水借電，排戲時餐餐升火煮飯。他們就像地上的爛泥一樣固執，堅持著不可思議的展演計畫，為底層人民發聲。

幾年後，大姊在汀州路三總對面的巷子裡開小酒館，之前演出時管前台的貝貝在酒館二樓首演了一齣具代表性的獨角戲《無枝》，道出移工心聲。這裡成了小劇場的另一個新據點，舉辦行動藝術演出，成為他們日後拓展的基地，也帶給我極大的啟發。

我甚至想不起來到底怎麼認識這些人，又怎麼混熟的。

貝貝出車禍後，一時交通不便，我經常騎車接送，順便在她家蹭飯。直到她決定接受南部大學的教職時，我順理成章住進她廈門街的租屋處，成為新房客，就此離開水源路。

新居裡沿用舊市話號碼，琪姊常在夜裡打來，那時候他剛寫完《台北爸爸，紐約媽媽》，話中雖常談起出版的事，卻又不像是只為了談這些，故我經常感到慌張，不知如何應對。那時候已少有人還執著打市話機，一概用手機聯繫，唯獨琪姊。電話放在睡房角落，鐵花窗影灑在地上和我盤坐在地的腿腳，習慣摸黑講電話，好像就能聽得比較仔細，卻還是沒聽懂什麼。我突然想不起來，什麼時候給過他電話號碼的。後來我甚至有點懼怕接電話，擔心自己沒能好好承接電話另一頭的熱切。一次沿著汀州路騎車往劇團排戲，瞥見琪姊的身影，猶豫著要不要停下打招呼，卻還是騎過去了。我總是這樣。

也許我跟孩子一樣，淨顧著往前，不願回頭，我也再沒踏進水源國宅。最後一次在那兒，深夜和住在隔壁棟的K約在巷子中間，靠著佈滿苔蘚的牆垣談話，她說換了新床單、新藥、新男友，但是通通不好。我倆年齡相仿，她靠翻譯營生，少有時間寫詩與劇本。再一次見到她，還是很美，坐在台上回應讀者，看起來是那樣新，那樣好。

這些人這些事，在我生命的班車各自上車下車，往事像錯過的車站，不復追憶。既然只能任憑軌道宰制方向，不如就好好欣賞風景吧。這是好久以後才想通的事。

回程時，孩子在車上睡著，沒見到他最愛的吊臂機正在中正橋下工作，下一個要變化的風景又是哪裡呢？萬新鐵路後來因載運量下降而停駛，鐵道拆除，除了記憶，沒留下絲毫痕跡。汀州路還是忙碌，還是比以前更忙碌？也許列車從來沒停下來過，一年年一代代載著我們只是往前，不曾回頭。

兩點一線的中間

孫梓評

上一次阿勳拜訪台北，出門不用強制戴口罩的炎夏午後，姊弟倆快閃西門町，來去僅五小時，以衡陽路滬菜午餐始，台北車站二樓霜淇淋終，同場加映姊弟倆絕無冷場的嬉笑和哭鬧。

孩子成長似乎比城市快，整個世界圍起黃線的兩年，每日前往公司途中，我從信義快速道路出來，總無可無不可看一眼那些搶著跟台北一〇一當鄰居的高樓，有的剛整好地，用假象貼滿護欄；有的像竹筍初初冒出地表，無法窺見將近兩年的地基耕耘；有的終於一暝大一寸，整棟貼滿亮晶晶玻璃帷幕。據說此處原為松山一部分，地屬松南之故，街道名稱常常是松山松高松智松仁松勇松德松廉松壽松平……

像一個男丁旺盛的家庭，外人搞不清楚誰是老三誰是老四。

儘管如此，我十分嫻熟每一棟建築間如何聲息相通：怎樣轉彎後成功把車停進地下五層，如何步行於地底穿梭移動，下雨時亦懂得借一小段彼此相啣的空橋系統避雨。當然，偏愛的品牌坐落於哪一棟大樓哪一層哪一方位，必須內建於體內導航系統，好讓買物更有效率。

相較於艋舺，大稻埕，信義區簡直年輕得像我六歲的外甥阿勳。這裡彷彿沒什麼好被質問「難道，你的記憶都不算數……」，鮮紅色斑駁了些，以前是金馬影展最時髦播映地，叫華納威秀，現在叫信義威秀——儘管我也懷念跟淺野忠信擦身的電扶梯，或聽見是枝裕和親口說「謝謝台灣」的小影廳；但此刻離開影城略有疲態的洗手間，一小段空橋，就能走至微風南山的日本租界atré，這自然與一九九八年大老遠從外雙溪騎車抵達一片黑暗中的「計畫區」，不可同日而語。

記憶是主觀的。好像就是趁我去當兵，到花蓮讀了幾年書，再返台北，信義區忽然長出來了？異鄉人不負責任的眼中，一九八六年啟用的台北世貿中心，一九九四年搬遷過來的台北市政府，一九九七年開張大吉的新舞臺、新光三越信義店，都沒那麼關鍵，誰能不將目光焦點聚於二〇〇四年底矗起的世界第一高樓？它且年年年末都燃燒自己，照亮別人。接著是二〇〇六誠品信義店，二〇〇九BELLAVITA，二〇一〇統一阪急（下略），這城市疑似把所有養分集中於此，地球表面爭先恐後長出新大樓。

台北生活，兩點一線，木柵和內湖之間，我遂得到一處休息站。必要時候，下交流道般，把自己駛進許多商品的空間，吃四菜一湯米食組合，買一張向日葵黃矮凳，瀏覽剛被店員擺上的香氛與書，走過一期一會快閃店，隨時可能取消的連鎖品牌舖櫃，忽然體會了松智松仁松勇松德式命名的用心。面目模糊並非假面。畢竟百貨商場即城市懸空之地，它取消了天氣，填補以香氣；它展現的不是生活，而是生活的想像；在裡頭勞動的人，可以複製貼上，當然也能任意刪除。這「新天地」，縱使因為台灣人性情而發散某種親切閒散氣氛，卻絕不可能有位年紀稍長的阿嬤，坐在出納櫃後慢慢搖動涼扇，吃西瓜。

同樣道理，我在這裡的記憶也是沒有根的。走過那些形形色色，就算手中拎著再多購物袋，能追求的也不是存在，而是隱身：這裡沒有我，我不在那兒。

*

兩點一線的中間，當然不會只有去程。每夜從工作地點離開，柵欄手臂舉高讓路，同時傳來機械人聲：「請—離—場。」沒有一次不覺得，它隱約暗示，我將離開遊樂場。然而真正像一座打烊遊樂場的，是深夜零時路過的信義區。

我在固定街口等待紅燈，前行至固定街口左轉，那裡曾短暫出現一群黑衣人，不分晴雨撐著傘，綠燈亮了也不動，凝神細看才知道是雕塑。每當我又一次在那街口，等燈色變換，尤其細雨飄飛之夜，總是特別懷念彷彿送行者的他們。然後必須追趕幾秒鐘時間右轉。順利的話，能一路滑過雙十字建築體，滑過深夜更換巨幅廣告看板的怪手，滑過耶誕燈飾或燈泡纏滿身體的行道樹，直到信義路五段前，被另一處紅燈攔截。反之，我會像個不斷打嗝的人，一頓一頓，無法完成那短短七百五十公尺路程。

上班途中絕不會忘記看一眼羅伯特．印第安那的《LOVE》；下班時，也必然瞄一下幾米的月亮公車（有次颱風夜，有人拿網子網住月亮）。公車已打烊，月亮還亮著，過彎後稍微加速，被隧道大口吞入前，還得泊停松仁路口，一個秒數較長的紅燈。疫情前，這一區過馬路的行人，要嘛剛從夜店出來，要嘛正前往夜店，空氣中布滿香水與費洛蒙；疫情之後，看到的常常是外送者疲憊的機車，以及後座風塵滿面的方形保溫箱。

十多年來，回程停留信義區的機率低於千分之一，綠燈亮起，我使勁踩下油門，穿越兩個隧道回到木柵。當我進到屋子，信義區還在那兒，無論窗外是馬明潭山，軍功山，枹子腳山，都不夠高，台北一〇一從山的後面，探出頭來。

＊

或許是體諒每年一度家族旅遊因疫情中斷，我爸有個兩天一夜的工作，「勒令」全家陪他一起北上。時間短促，我很好心安排行程是吃飯吃飯睡覺吃飯吃飯，交通工具盡量麻煩捷運，飯店就選在共構的市府轉運站上。吃過晚餐，一整天已經體驗高鐵，捷運，計程車，公車的阿勳，電力剩下百分之三，但非常滿意牽著我的手，走在空橋，已近農曆年，聽說有還未拆卸的巨大耶誕樹。還沒看到耶誕樹，只是途經此地週末慣見的人潮，街頭藝人和亮晶晶行道樹，阿勳就大聲對我宣布，「台北好漂亮喔！」

我不太確定他看到什麼。但覺得有點有趣。上一次被他歸類為「漂亮」的是我媽一條有著紫藤花圖案的夏被。據說他沒看過台北一〇一，於是我們隊形呈扶老攜幼，特地走到信義誠品外頭，讓正被什麼電信廣告給投影而迅速變換燈光的摩天樓，完整呈現在一個成長於南部的六歲小男孩眼前。

假裝自己是觀光客的夜晚，小孩們開心泡過澡之後都入睡了，我也睡在平日下班必定經過的兩點一線的中間。

日前清明節返家，例行公事除了掃墓，吃春捲，還包括陪少爺睡覺。已經換上睡衣的阿勳，完成刷牙洗臉尿尿，自行鋪好薄被，安排玩偶擋住床縫，接著就拿起當天新獲繪本《麵包小偷》，要我再讀一次。讀過的繪本都堆在床邊矮櫃，有時我驚訝小孩驚人記憶力，有時我讚歎他們對重複的渴求。有點累了，熄燈就寢，小男孩談興仍高，躺在微光中，轉過頭來，雙眼明亮，繼續對我說沒有前後邏輯的話：

「大舅舅，我以前有跟媽咪還有爸比還有姊接去日本。」

「對啊，你們去看水族館，還在民宿裡面拍照。」

「我們還有去搭新幹線。」

「好羨慕你喔。」不要怪我有點敷衍，已經晚上十一點半啦。

「大舅舅，台北豪好喔。」

「哪裡好？」

「台北有高鐵，捷運，雙層巴士，計程車，還有公車。」交通工具控停了一下，又說：「下次我還要去。」

「那你比較想去日本，還是台北？」

「台北。」

「為什麼？」

「因為，台北有你啊。」

說完，他就睡著了。

CBRE
Office Leasing
81018101
Office

館前南陽三分熟

陶曉嫚

「厚切牛排五分熟，蘑菇醬。」

我點餐的當下，對座的韓流女子咦了一聲，晚餐時段的南陽街平價牛排館中，她仗著人聲鼎沸，毫不避諱地拔高音量說：「這種店都沒在管火侯的，肉離火後還放在烤熱的鐵盤上，你點五分上來都會變七八分。」

服務生捧著點菜單，在桌旁轉著筆努力不翻白眼，我的腦海中倏地浮現前幾天朋友轉貼的專業八卦文，餐飲業界老司機披露大塊又平價的牛排是如何誕生的——先將牛肉塊加水裝真空袋按摩，嫩化肉質後，再用混合配方的酵素黏合，接著送進冷凍庫再切削成片狀，分享完驚呆了千萬網友的重組肉加工神技，老司機善意提醒，碎肉加工時沾染細菌的面積比原肉大，要吃全熟的才保險。

「算了，沒關係，熟點也好。」我說。

韓流女子一臉不可置信，我右側的森林風女孩見狀，嘻嘻笑著打圓場：「姐真講究，那我要莎朗牛排三分熟，胡椒醬。」

「雞腿排，蘑菇醬。」讓韓流女子買單的是沒有幾分熟可選的雞肉，「考上的話，我們去茹絲葵慶功，它的台灣創始店在敦化北路和民生東路交口那邊，就在我家附近，你們有吃過茹絲葵嗎？它的牛排都是用保溫磁盤裝上桌……」

「很懂喔，你牛排系？」窄管褲潮男用手肘輕輕頂了韓流女子一下，點了五分熟的厚切牛排後，隨即跳起身去掏自助式玉米濃湯鍋底沉的料。

「我去拿飲料。」韓流女子離席，在飲料機前接了一杯冰水和一杯摻水過量的冬瓜茶，便湊到湯桶旁找窄管褲潮男調笑，直說他是小時候灌了太多平價牛排館的冬瓜茶，於是受到冬瓜的詛咒，長臉不長高，出落成一個矮冬瓜。

「他們是不是在搞曖昧？」森林風女孩目光追著窄管褲潮男的背影，壓低聲音向我咬耳朵：「你有沒有覺得他長得像劉以豪？迷你版的。」

「劉以豪?!」我愣了一下，想起每天趕來公職補習班的路上，人潮快速移動的文湖線轉乘板南線捷運站通道，整排立柱貼著帥氣男演員和美麗女明星的等身照，兩人容光煥發笑顏迷炫，昭告天下每個人都該來試試他們代言的保養品，那位帥氣男演員似乎就是署名劉以豪。

「天哪，別跟我說你不知道劉以豪，他演了這麼多電影跟連續劇！」森林風女孩瞪大眼睛。

「你都有追？」我比較詫異，民法總則與刑法總則課都睡得很沉的森林風女孩，精力照理都被補習班全日的密集課表抽乾，而回家後她還有元氣掛在串流平台上看偶像劇，真是不容小覷。

「當然，劉以豪耶，哪次不追？」森林風女孩滔滔說起《比悲傷更悲傷的故事》

上映時她還不識愁滋味，直到《我們不能是朋友》熱播，她才與劉以豪墜入愛河的往事。

「你們在談劉以豪嗎？」韓流女子瞬間移動折返，將冰水和冬瓜茶分別放置在自己和窄管褲潮男席上，「我很喜歡他喔。」

「好像有誰趁亂告白？」窄管褲潮男端著湯水在碗口呈現表面張力的玉米濃湯回來。

「什麼呀，劉以豪幾公分，你幾公分？」韓流女子笑得花枝亂顫，粉拳往窄管褲潮男的手臂上捶。

「欸欸欸小心湯——」窄管褲潮男故作正經地說：「鄉民都三十公分。」

在含笑的白眼與「你好噁心」的嬌嗔中，我對森林風女孩說了聲借過，抽身前往化妝室。

通往化妝室的狹窄走道只容一人行走，離地板一百三十公分以上貼了鏡面，讓顧客錯覺此間不太局促，我肩上的托特包塞了題庫磚塊書，沉甸甸地擦過鏡面下貼不牢的壁紙捲起的邊角，其他三人都很放心地將背包留在補習班百人大教室的座位上，只帶了皮夾出來覓食。

前幾天我水星逆行，被小偷幹走最新版小六法，我向補習班櫃台的打工仔反映，對方嘖了很大一聲，涼涼地問我東西為什麼沒收好？我的書整齊放在座位上，失竊了原來該歸咎我人品太差，見我動怒要求調閱監視器，班主任趕忙出面打圓場，直說這麼做一點也不值，首先期初進出教室的人特別雜，有補課的、有插班的、有重聽的、有非學員來試聽一次就不會再出現的；其次是就算比對出樑上君子，補習班也沒司法權逮人，難道我想浪費時間兜攏證據去警察局告發這種奈米案？班主任提議，小六法可以從上一屆學員的失物招領箱中任選，裡頭多的是九成五新的貨色，法規異動部分從網路下載，最後他免費送我一個亡羊補牢之計，向補習班租一個可上鎖的置物櫃，這樣不用負重不用擔心物品遺失，置物櫃數量有限，看在我受了委屈的份上，月租破盤打七折。

我已經向父母伸手要了將近六位數的補習費，無顏再添新開支，除了詛咒小偷落榜一萬年，我唯有到哪都馱著書本講義，並厚著臉皮向鄰座的韓流女子借書翻法條，她塗得艷紅的嘴唇一努算是批准，幾番有借有還後，她對我的學經歷考據一番，便揪我與森林風女孩、窄管褲潮男組成了飯團。

成為全職考生的頭一星期，我都在適應補習班超高密度的課程，晚餐是除了午休之外唯一超過一小時的放風時間，搭電梯或走樓梯外食掐頭去尾沒剩多少餘裕，平價牛排館是館前路、南陽街一帶少數上菜神速，有長排座位，能容納一群吵鬧發夢，口袋裡沒有幾兩銀子又想偶爾奢侈的考生。

我用單指頂開平價牛排館的廁所拉門，永遠黏答答的地板讓我無論如何不相信那張坐式馬桶圈能沾肉，即使在補習班練就了半蹲如廁不外漏之技，到此地我必須更小心地騰挪身體與包包，避免碰到一旁滿載髒衛生紙團的無蓋大垃圾桶，如廁完畢依照疾病管制署的建議，勤勉地搓洗雙手四十到六十秒，為免疫系統減少一些考驗。

等我完成解放儀式回座，四個滋滋作響的鐵盤已上桌，窄管褲潮男揮舞著餐巾紙招呼：「你真慢，牛排都來了！」

「前三頂大是不想聽你的低能笑話，才跑去尿遁的啦。」韓流女子吐槽。

「難怪你上課都不會想睡覺！」森林風女孩誇張地跳起身，「剛剛才知道你高中讀前三志願，大學念頂大，那不是超會念書的嗎？你幹嘛花錢來補習？」

「讀書和考試是兩碼子事。」我尷尬地接受森林風女孩的讓路回座，也佩服韓流女子精於拿捏別人小便的時機爆料。

「我以為讀頂大的都會出國念研究所。」窄管褲潮男笑問：「你一畢業就來補習，是不是立志要輾壓所有人？」

我抖開餐巾紙，阻擋重組牛肉噴濺的油，「我不是本科生，一個專業科目都沒念過，補習總比自己讀有效率。」

「就算我是念公共行政的，學長姐都說大三升大四的暑假一定要補習，大四一整年拿來準備高普考，認真的話一年就會上。」森林風女孩垂下眼睛，盯著鐵盤內越來越不活躍的油泡，「原本以為大三升大四的暑假報名剛剛好，但我在班級群組揪團報時，才發現很多同學大二升大三時就報了兩年班，第一年跟課、第二年複習，所以他們現在上課都不用抄筆記，申論題也寫得跟飛的一樣。」

「比起我們，你這個現役大學生已經是超前部屬啦！」窄管褲潮男丟下餐巾紙，開始將牛排切塊往嘴裡送，「你觀察一下最前面幾排，是不是好幾個同學看起來很老，還有的頭都禿了？你用膝蓋想，這些年紀一大把的老人出社會要是混得好，誰會再爬回來考試？」

「可是我讀的學校很普通……」森林風女孩試圖將半熟的荷包蛋翻面，卻失手刺破了蛋黃，「如果不考公職、不考研究所，畢業後想找個正常上下班、有周休二日、有勞健保的工作，十個老闆有九個只願意付基本工資，條件好一點的加個兩、三千塊，就會有上百人去搶。」

「那你想讀研究所嗎？」我問。

「不想、不想、絕對不想。」森林風女孩用力搖頭，「我完全不知道自己這三年在念什麼東西。」

我正想問森林風女孩，她對公共行政的學理毫無興趣，那受得了終身以此為職嗎？但窄管褲潮男搶先我一步開口：「就算不知道大學念了啥潲，光是能坐在書桌前抄筆記，就屌打一票人啦！你千萬別小看社會，光是兩三年，就足夠搞得聰明人腦殘。」

「嘿，你罵我腦殘？」韓流女子接腔。

「冤枉啊姐姐，我是講我自己。」窄管褲潮男的嘴巴很強大，兼顧了咀嚼牛排、向韓流女子討饒以及對森林風女孩話唬爛，「我不消費別人，就講我自己——生下來有雞雞先欠國家一年兵役，從新訓苦逼到下部隊，好不容易從陰間還陽，腦子先爛了一半，接著又被社會玩殘另一半，去領殘障手冊的路上不知被什麼卡到，糊里糊塗把醫藥費拿來繳補習費，你看，你周圍都是腦殘，哪個有條件跟你競爭？」

森林風女孩摀著嘴咯咯笑，飛快瞥了我一眼。

我低眉嚼食，重組牛肉的纖維早被保水加工程序破壞，口感軟嫩難分，搭配濃重的醬汁，滋味不對不錯。

「我是被公司搞到快憂鬱症，爸媽看不下去，認為我不該為了賺幾個錢逼死自己，他們好說歹說，我才決定來當公務員的。」韓流女子揮舞著叉子，一面控訴現代企業的人資制度在選育用留上諸多不當，一面將附餐的鐵板麵和冷凍蔬菜全推到窄管褲潮男的空湯碗裡，「我在減醣，既然你敢說我腦殘，就罰你把我這盤的澱粉類都清掉！」

窄管褲潮男接收了名為懲罰實為獎勵的鐵板麵，誇張地舉起冬瓜茶杯，「總之現在痛苦一年，之後就會有人請吃茹絲葵啦！」

鐵盤中還剩下一大塊酥脆帶油脂雞皮的韓流女子，以金榜題名的架式舉杯與窄管褲潮男相碰，「好啊，我請客，到時候你們愛點什麼就點什麼，通通算我的。」

聞言，我與森林風女孩都該舉杯湊個熱鬧，問題是我們倆沒拿飲料，但不用擔心，這個街區是手搖杯飲料的一級戰場，吃了牛排和雙份鐵板麵的窄管褲潮男嫌自取的濃湯飲料單調，外帶大杯珍珠奶茶還指定了全糖。

飽餐一頓平價牛排後肚皮緊、眼皮鬆，夜間上課時我精神恍惚，韓風女子說她要去洗把臉提神，離開教室便沒再回來，我反覆揑緊拳頭、將指甲戳進掌心，告誡自己明天不能吃得這麼放縱。

補習班課程有明確的節奏，經驗老到的講師帶進度到一個段落，就會化身為正能量放送站，讓魂飛天外的同學們把三魂七魄召回來。

有一晚，我終於熬到行政學講師說笑話的鐘點，趴下去企圖偷個五分鐘小歇，在我意識逐漸矇矓之際，講師說了一個表妹的同學的先生在科學園區擔任高階主管，不到五十歲就失智的故事——

「他一個人扛一家五口的生計，沒日沒夜地忙，老婆是家庭主婦，全職帶三個小孩，過年聚餐時親戚們覺得他有點憨，但很多工程師理工宅都呆呆的，大家想說他的技能點都投在專業上，人際交陪的技能樹沒展開，不用太放在心上……」

「後來是他老婆發現不對，那時他已經答非所問到莫名其妙的程度，你跟他說今天寒流來，要不要帶一件外套？他會回你昨天中午他吃一個波羅麵包當午餐，老婆拖著他去醫院，檢查後發現是失智症，那時他連醫生隨手遞過來的衛教小卡都唸不出來，拜託，正常人會不認識『正確勤洗手，保護你我他』這幾個字?!」

「現在的藥物只能延緩退化，不能把失去的智商救回來，他當然被公司火了，但房貸還有二十年要還，老婆帶著三個小孩不知道怎麼辦，我表妹就很感嘆地跟我說，如果她同學婚後不是顧著當貴婦，而是花時間認真準備公職，現在人生就不一樣了。」

「各位同學，當公務員很難讓你大富大貴，但很穩定、很有保障，薪水也真沒話說，最基本的三四五等考試，基本薪就有四萬六、三萬六和三萬，加上不同單位或職務加給，很多月領超過五萬！你頂大畢業、研究所畢業、外國留學回來都不見得有這樣的待遇，銀行還搶著幫你辦低利貸款買房買車，例假日見紅就放，要請假陪病侍親育嬰照顧小孩，法規在那邊都可以請，所以同學們加油，好嗎？」

這故事驚得我睡意全消，而好一陣子不見、忽然跑來找我借筆記影印的窄管褲潮男則堅持，民法講師解釋連帶保證人「不只是帶賽，根本是超級賽亞人」才算得上笑話。

我把一整疊申論題筆記推到窄管褲潮男面前，提醒他那是很久以前的進度，到鄰近聖誕節的十二月下旬，所有課程都已告一段落，屬於共同科目的法學緒論我寫了幾遍選擇題，在專業科目壓境下，已經顧不到那些古早的基礎了。

「你超認真的。」窄管褲潮男倒抽一口氣，像洗撲克牌一樣翻著我的筆記，推敲不出該借印多少，倒是迸出其他問題，「小妹妹有來嗎？」

我愣了一秒，才理解所謂的小妹妹是指森林風女孩，我也跟她好久不見，從大學開學前夕——更正確地說，是開學前一個月，森林風女孩哀號系上和社團都有活動亟需支援，面授課程與學校事務衝堂，幸好補習班有視聽教室，提供一人一機HD高畫質錄影補課，來日方長，她會擇時來把進度追完。

「這樣啊。」窄管褲潮男沉吟一會兒，忽然提議：「晚餐一起去吃牛排吧？」

「可是印完筆記就沒剩多少時間了，我還要回來自習，買個方便帶回來吃的東西就好。」

落單的這幾個月來，我都以便利商店沙拉或飯糰了結一餐，最近天氣轉涼，關東煮常被一掃而空，店員夾起客人轉身就能帶走的水煎包攤成為我的心頭好。

窄管褲潮男驚呼我吃得太隨便，隨即叨絮起他打工的文青咖啡店，老闆把做壞的手工餅乾和蛋糕當員工福利，飽食兩個星期後，他看到甜食便胃食道逆流。

再扯下去沒完沒了，我將托特包甩上肩，往補習班的電梯廳移動，「影印店都在館前路後面、開封街的巷子裡面，他們如果在趕補習班的大單沒空，你就得去隔壁棟跟高中生搶電梯，到七樓的千業印刷，他們主要業務是印漫畫同人誌海報，但也會幫人印文件，你如果要印筆記、去南陽街吃飯、在晚自習開始前回來，現在就要走。」

「你真的超認真耶。」窄管褲潮男連忙跟上來，用讚嘆世界奇觀的口吻問道：「你打算一年就考上嗎？」

在擠滿結屎臉考生的電梯裡不適合討論這種話題，我們來到地表，駐足在貼滿開架彩妝折扣、消費點數回饋幾倍送招徠的藥妝店門口恢復方向感，我倏地驚覺季節不同了，一眨眼就過了好幾個月，對面的百貨公司櫥窗懸吊起銀白色的雪花裝飾，買幾千送幾百的標語宣告歲末購物節是現在進行式，忽明忽滅的紅綠燈飾與叮叮噹的聖誕音樂籠罩整條街，但令我毛骨悚然的是，即使置身鋪天蓋地的節慶氛圍中，我卻感覺不到分秒的流速，對一切刺激都遲鈍且麻木，彷彿全身包裹著一層又一層的塑膠膜。

「你好厲害，你真的很想當公務員吧？」窄管褲潮男突然開口。

「你不是也想嗎？如果你不想，幹嘛來跟我借筆記？」

窄管褲潮男將目光放到館前路車潮的終端，「其實我不想活過三十歲。」

「啥?!」我將滑落肩膀的托特包背帶重新提上肩，第一次見到窄管褲潮男拋開網路鄉民模式說真心話，但我還是覺得他的發言中二到爆炸，要忍住不吐槽他實在太難了，「那你別浪費時間，趕快去交代後事吧。」

「你能想像自己三十歲時會變怎樣嗎？我覺得好可怕，我根本想不出來！」窄管褲潮男止不住情緒，逕自說著：「大家都說考上就可以放心過日子，不用想這麼多，但我有預感自己絕對考不上，既然考不上，為什麼要來這裡被現實打臉？為什麼我還要垂死掙扎，不直接躺平算了？」

「要躺平也得有塊地呀。」

「幹，你也會嘛！」窄管褲潮男噗哧笑了出來，往我肩膀上捶了一拳，「不愧是前三頂大，學得真快。」

「不要再提前三頂大，不就考試機器嗎?!」我不甘示弱地捶回去，做了一輩子考試機器，比起準備不完的考試，我更恐懼某一天再也不用考試，改由另一套更繁複、更嚴酷而且看不到盡頭的評量取代考試。

窄管褲潮男以為我在開玩笑，笑得更燦爛了，我也荒唐地笑起來，我們在節慶的光暈中推推打打，口中嚷嚷著一些說過就想不起來的垃圾話，完全沒注意到身旁有三個人影欺近，直到其中一人以發自地獄的低沉聲音說：「你們在這裡……很開心嘛。」

這聲音有些耳熟，我轉頭望去的瞬間寒毛倒豎，韓流女子竟有複製人軍團！定睛一看，我才分辨出她與她雷同妝容打扮的兩名閨蜜，三人身上都掛著百貨公司的大包小袋，顯然是過了一個充實的歲末購物節。

「嗨，你和朋友出來玩啊？」窄管褲潮男從容不迫地與韓流女子寒暄：「我正要去印前三頂大的筆記呢。」

「你倒是為北極熊想想，筆記什麼的拍照掃描，雲端分享就行了，幹嘛要印？」韓流女子酸溜溜地說：「而且印了你也不會看吧？」

我正想聲明我可沒答應要開雲端分享筆記，窄管褲潮男已左手背拍右手心，一副恍然大悟的樣子，接著扭頭對我說：「既然你今天很踶，我就先回去，等你金榜題名了，我們再一起吃牛排慶祝。」

「好，掰掰。」我瞄了一眼手表，時間還夠去買水煎包。

「等一下，你要翹掉晚上的課嗎?!」韓流女子朝窄管褲潮男離去的背影喊，而他擺了擺手，沒有停下腳步。

我也隨著讀秒號誌燈的小綠人邁開步伐，「課都上完囉。」

韓流女子與閨蜜們交換個眼色，亦步亦趨跟了過來，「所以這段時間，他都來跟你借筆記？你們有一起開讀書會嗎？」

我坦白告訴韓流女子，我比她更意外窄管褲潮男今晚現身補習班。

「他都沒去上課?!之前我覺得大教室空氣不好，待久了會想睡覺，就跟他一起去Wi-Fi教室看課程直播，結果他跟我說，用自己的筆電上課很難專心，要回大教室上面授課。我在蝦皮買了上一屆高考榜首的筆記，好心借他，他竟然跟我說不需要！」

韓流女子氣噗噗地數落起窄管褲潮男，她的閨蜜們在一旁噘嘴皺眉，為她打抱不平。

我又一陣毛骨悚然，多久沒跟朋友聯絡了？我已經想不起來上次登入社群網站是何時，朋友們近來可好？還會惦記我嗎？但傳訊息過去要聊什麼呢？我無聊透頂的近況足夠建立一篇新貼文嗎？

腦袋打結之際來到水煎包攤，我瞪著售罄的空盤發愣，韓流女子戳了我一下，「你有在聽嗎？那傢伙是個超級大草包，你小心點，跟他混鐵定考不上。」

我嗯了一聲轉進南陽街，正煩躁今天的晚餐居然這麼難處理，忽然察覺鞋底有些黏膩，一股標示性十足的肉香與鐵板醬料味撲鼻而來，我們竟已來到平價牛排館的門口。

「還記得你説過，考上了要請牛排嗎？」我停下腳步，有感而發。

「請客怎麼會請這種檔次的？我爸媽説過，等我考上了，就去茹絲葵慶功。」

閨蜜們見韓流女子套不出更多八卦，不想讓新衣服沾染油煙，編了個藉口拉著她離去，我走進便利商店，買了三角飯糰和熱咖啡組合折回補習班。

吞嚥、收拾、如廁、洗手的晚餐流程完畢，我推門進入自習教室，黑板上大大寫著距離各項中央地方考試尚餘幾天，白光LED燈無死角地照亮每一排座位，不認識也不打算來往的考生彼此坐得老遠，在這裡，我又恢復信心，足夠修補起情緒和感官的裂隙，再次把自己牢牢地封印起來。

台北伊甸園

邱比

出生就是台北人，家境無虞，該怎麼交代我的生活方式有多麼窄小、保守、安逸呢？——我覺得我住在伊甸園。這是爸媽愛我的方式，或許這跟愛無關，就只是一種宇宙的搭配，至少這是屬於我的印記，我永遠想寫得更多，告訴陌生的讀者們我這大半生還怎麼地持續被愛著，但我決定用這一行來解釋我：「我覺得我住在伊甸園。」

我的藝術校園生涯在早期充滿了肢體活動，有體操、武術、還有各種知性的音樂課程，在這樣的班級，很難不迷戀上某個很有才華、對艱苦訓練又很有韌性的同學，如果當時又剛好看上對方的長相以及談吐，你就會自然地想親近他，藝術科生通常就是這樣，會欣賞比自己更強的同學，在當時的年紀，以為那就是愛所需的一切。

我們被分配到同一間寢室，偶爾我會因為孤單窩在對方的床上，跟他玩以前爸爸跟我玩的遊戲，利用棉被堆出沙丘，用我的手指作偶，在潔白的床單上搬演隱密的傳奇，用故事隱喻我內心情感，但外表卻甚不明顯。

心靈的自由自在以及偶爾的藝術表達，就是我對這段關係索求的全部，我沉浸在「正愛著」的自己，藉由親密帶來的力量，我感覺已經掌握了長大的感覺，常因著能帶給愛人快樂而感到成熟喜悅。

忽然有一天，他因為數學題做不來，對自己猛毆痛打，呼自己巴掌，情況嚴重到寢室的教官跟同寢的同學都下床來將他架住，我驚呆的聽著響亮巴掌聲，我為這種戲劇性在內心尖叫，它背後的心理問題對我來說，直至今日都很陌生。面對這樣的場面，我不知道怎麼做社會化的反應，只看著眼前發生的事，將它當作是不定時發作的表演藝術，我上前安慰，輕輕環抱對方，口中平緩說著：「只是習題，為什麼要這樣狠？」但我內心卻隱隱在興奮什麼，深信日後還有更多意外在前面等著。

因為來自伊甸，我不知道怎麼同理這種痛苦，以及它背後的精神問題。偶發性的自殘對我而言，是完全無法參透的一片空白，我甚至看不到混濁，面對這樣的新同學，我卻理解成一種純淨。這個事件在我眼中，跟當時其他人看待的意義不相同，我像看見完全野生的東西，是某種未雕琢、近乎原始美好的透明天使，我馬上意識到自己跟其他人態度上的差異，但當時我還不知道是「伊甸後遺症」。那晚教官跟同寢同學都為他焦慮，但我卻覺得他這樣蠻美的，因為很天然、特別、迷人、引發思考。

我親近他，因為我從他散發的氣氛中，吸入一種不是來自伊甸的新鮮空氣，這造成了癮頭。可能因為我很達觀，所以他也不怎麼提防我，某一天放學在山路上，講完手機他忽然哭著說：「我媽媽是妓女。」然後就用會折斷腿骨的速度，邁步衝入大霧中消失不見。事後他被學校約談了幾天，當他重回班級時，我好心告訴他：「你多想了，你媽媽不是妓女。」但我不是很確知。然而究竟媽媽是身為妓女跟不身為妓女，對一個青年的心靈會有什麼很嚴重的差別嗎？我也不確定。妓女？那有很嚴重嗎？我不是漠然，但我真的無礙，這對我起不了反應，類似的案例還很多……

讀到這裡，相信有些讀者，可能會有一點不知此刻究竟該怎麼給這些情境下判斷？請保持貼心與耐心就好，這是我對你的建議。因為，您可以任由自己靠經驗與自我認識去批判混亂與模糊標準，但那對挖掘——美的更具創意形式、道德造型的多變內涵、因果與命運的架構、人與造物主之間的神祕莫測，並無實際幫助。反正我總是這麼想的，該用細緻敏銳的負責態度去清掃生命的沉澱物，靈性的改造與攀升，就是一路指引我的教條，所以，日後我還是喜歡有事沒事就找個藉口，住進大安區復興南路一段三一三巷內，他在台北棲身的姑姑的家。

他有兩位姑姑，她們半夜出門到附近的酒家上班，因為看上去有點年紀而且衣著樸素，所以她們給我「專業」的印象，當時，我把她們理解成「很會跟老熟客聊天的老酒保」，就跟我家附近已營業二十年火鍋店裡負責配料的三姐妹一樣。時至今日我還這樣認為，從來不在乎她們的工作實質內容，對我來說，她們就是做著少見工作的同學的姑姑，她們是彼此需要在台北互相照應的同事。

她們凌晨後才會回家，很奇怪，我不記得在那裡聞到過酒味，但是確實環境中一直有著淡淡的菸草香。客廳擺了一張床，她們就窩在客廳睡，也不打擾我們，而我跟同學用四張棉被鋪整成床，我就這樣「像跟家庭露營一樣好玩地」，睡在別人家客廳的地板上。由於這裡養了幾隻紅貴賓狗，狗狗的汗臭與各種名牌香水味，一起瀰漫在室內每一處昏黃角落，建構起一種異國的情調。姑姑們每週都給同學一大把鈔票，讓他在那個年紀，可以買得起無印良品軟骨頭沙發、高價位文具，日本精緻料理也可以隨興點上一桌，頗有一種宛如富二代的瀟灑。姑姑們好像從沒多問我幾句，這點我也覺得很新鮮，因此我也喜歡如戲劇一般的她們。某天，我在她們家各處鋪的報紙上，畫滿我原創的塗鴉，表示我對她們所代表的一切的感激，藉此用我的藝術才能，來轉化這個鬱卒的環境。

這種關係能帶來什麼深度連結的平安嗎？讀者可能不禁困惑。我只能說，戲劇性張力與不斷攀升的快感，已壓倒性蓋過了我對關係應有的未來性與務實的那一層要求。現在我可以繼續講述故事了嗎？

復興南路一段三一三巷的一切，我都清楚知道自己不適任，我也討厭著，但我卻未覺不開心。我們人類竟然可以討厭著某個事物、但同時是開心的，這兩種情緒完全可以併容在一起！我替我同學洗頭，那浴缸跟垃圾桶，浴室裡的瓷磚，都不比我家的要好，環境也不算乾淨，不時可聞到廚房裡淡淡的狗尿味，我會意到這種錯置其中的文化差異感，但因為這種不匹配對我而言，就像在看一場沉浸式電影，我想知道我這名主角的抗壓指數，他會怎麼影響這個場景。這是他的神話、他的冒險、他的青春：他撒了一個謊但非常誠實，他存在的風景隱喻了一種欺騙，只為迫使他毫無保留的信任。

我要結束這個故事了，就像畢業後我們各奔東西。我至今偶爾搭捷運經過大安站，還會撇開頭不願望向復興南路一段三一三巷口，因為我會在文湖線高架上，瞧見那一座長得很像伊甸園的和安公園。

299遊晃少年

林昆穎

十八歲，那是一九九八年，從後山上來台北，背著兩個背包，一個超大行李箱，穿著半短褲、Polo衫，鄉下俗初登大城。台北啊台北，電視裡的摩登高尚，返鄉者的口中繁華，火車從松山潛入地下，這麼前衛的開場，我滿懷憧憬，身邊站滿乘客，一同熱火的唱著向前走，未來一片光明啊！

台北站一到，車門開啟人潮湧現，碰碰撞撞地穿上大廳，大車站是座迷宮，人流各有方向，在眼前畫出謎樣的錯綜動線。我拿著手寫的地圖，「新光三越—館前路—新公園—衡陽路—西門町」，向西走出車站，看見了閃閃發光的新光三越。這個街廓真不是蓋的，滿滿的補習班，滿滿的奮鬥感，覺得台北人實在很力爭上游。買了個紅豆餅，走進新公園坐著，對此地鮮明印象是《孽子》那隱晦情感流動的暗黑庇護所，與此刻下午的輕透陽光比對，我以為台北的日夜必然是鑲嵌著奇幻的色彩。天空烏暗起來，順著地圖走去衡陽路，「龍記搶鍋」，出門前，阿公特別標記的一個奇特的巷口，穿進小巷，聚滿人群的那碗芙蓉麵，火炒蛋、蕃茄、高麗菜，加入高湯後燉煮麵條，起鍋加上碎肉燥、蒜蓉，味道真叫人滿足，小巷中的味道至此，我不禁敬畏起台北！突然間，大雨落下，這天氣晴陰之間真是魔幻，推著行李在騎樓走著，一間一間茶行酒樓、珠寶鐘錶行，雨越下越大，我邊躲邊逛，過馬路搭上好心人的傘，遠東百貨面對超大天橋，奔跑過去是新世界電影院，招牌目不暇給，商品琳琅新奇，雨更瘋狂了，陌生感的確帶來緊張，卻也深感首都的壯觀，漫遊中的落湯雞，對台北的初始記憶，就從這個黏膩悶熱傾盆大雨的西門町下午開始。跟一群時尚男女，走進萬年大樓，次文化演繹成錯綜的世界觀與電玩派系，我並無任何消費的意圖，僅是貪圖更多的眼前新奇，途中不知犯了何忌，被守著聲色場所的小混混們訕罵了幾句，我看著那個姿態，從粗口、眼神、身形到棄煙的流暢度，仿若修羅場中忘我的哪吒，捍衛著台北草根傳統的不服前衛。隱身在塗鴉牆後的巷弄中，一系列美式二手店，這源起於車庫文化，青年們以古著新搭重新定義價值，在距離幾百公尺的總統府周邊，呵成一氣，抗爭、呼喊、宣言，這一路顯得自由而奔放。我點了一根烤香腸，望過招牌，看著電子鐘，九點！

這是我印象中新鮮的第一天，到處商業匯聚，各店各廟都有故事，我這樣初來乍到的人難以滲透，只能感受氛圍，從「台北」之中，取得所需後便得離去，下回再來。的確是這樣，台北有種過場感，什麼都有，可以隨手獲得最hito的東洋唱片，也能翻找珍藏爵士黑膠，看得見頂級牛排館，也能在大稻埕喝到純正杏仁茶。都市真不單純，存在於每一個事件、每一個標題，皆有其歷史演進，線條之多不斷交集，順著眼前的超大霓虹與商品們，對比鄉下與興盛之間的距離，不感嘆，是驚奇，是置身在其中的一種凝視，如十九世紀的新興巴黎，我自然成了漫遊者，在步行觀察與偶爾對話之間，從表象開始遙想其背後的關聯，一杯成都楊桃冰，陳年的酸，厚蒙的鹹，勁碎的冰，造型塑膠杯，新潮的街與古早的味，那個資訊還未流通的時代，這種當下的過場感有如錯身電影時空。這天開始，台北成為了我的漫遊迷宮。

衝回借放行李的鞋店，適得其所提供寄放服務是大城的生存智慧，我順口問老闆怎麼前往新莊輔仁大學，他說：「299號公車！」

大學期間，一有空就往台北市區跑，299號公車，從新莊輔大起站，大抵都搶得到座位，它貫串台北東西，車班密集路線單純，從進入田埂駛過幸福思源，行經入三重輕工業，上了忠孝橋，橫過淡水河，就會看見一座閃亮都市，這是個前進繁華的儀式，進城漫遊。我熟悉的台北，是個魚骨式地圖，任一站下車往南北向走，就能到達想去的地方，忠孝東路像是拉成直線的西門町，這個印象來自299的窗外風景。

從台北車站下車，直奔佳佳唱片，基於299的漫長，隨身聽與最新唱片是必備的，從陳昇、伍佰、楊乃文聽到周杰倫，從椎名林檎聽到帕胡德到蕭士塔高維奇，公車停停走走，偶爾也要讓座，年輕時候時間多，隨興就下車，跟著音樂繼續走。我常握著一張珍貴的票，走過立法院、台大醫院，走進大中至正門，到國立中正文化中心，那真是夢幻爆炸的時期，聽各國交響樂團、大師器樂獨奏會，看崑劇、音樂劇、舞台劇，相聲、芭蕾、當代舞作，表演藝術太令我震撼，烈酒般的使人迷醉，很快地就成為粉絲，有什麼就看什麼，參拜國光劇團、明華園、沉浸表演工作坊、雲門舞集，台上的一切，激起我更高的求知慾。看完表演，總是奇餓無比，卻流連在大廟裡步行好幾圈，讓腦筋回味。有次，聽見一群下戲的演員要去吃宵夜，便悄悄跟進了「龍門客棧」，那真是個豪邁的餃子店，大白菜豬肉水餃，皮很厚，跟木造樑柱上的油耗呵成一氣，我豎耳聽著團隊笑鬧酸罵，講著對戲的奧妙，講著忘詞的專注，我這個門外漢聽著台後的趣聞，對那股癮產生了無限幻想。一場場表演，像是鑲嵌在忠孝東路上的名店，珍貴的耐人尋味，精巧的稍縱即逝。在這個大廣場上，我也一直是投入的觀眾，有幾刻時分，亦錯如登台演出般奮力，隨著宣言的隊伍反核，為民主進程的學運，為人權平等而遊行，同一個地點，不同的訴求，再次搬演，我偶爾會在平靜風和的下午棲坐於此，感受那輕易就事過境遷的台灣味。

我最常在忠孝東路四段下車，大路上是百貨公司攻掠之地，精彩在巷弄間，是遊戲間、茶舖與小酒館，旗艦品牌隱身其中，動能最強的該是髮廊與舶來精品，泡在東區，每週肯定有新花樣，哈日、港風、美式，夜生活滿佈舞廳、健身房、KTV，整個東區是超流行之地。這是一個會被觀察的東區，人看人，物對物，透露著一股傲氣酷味，朋友因品味而結識，因潮流而同盟，越夜越美麗。那時的東區有座不打烊的敦南誠品，把一股文氣硬是灌入時尚的脊骨裡，釀成濃厚的誠品感，我會待在 4am cafe 聊天或先在 Pub 跳舞，再緩緩晃到誠品，刻意繞得遠些，走一段仁愛路櫥窗，敦南欒樹道。這一帶的深夜非常安靜，門口聚集了朝聖的創意夜貓子，這座夜的宮殿燈火通明，自由進出，寧靜的社交場，一半看書一半繼續觀察他人，穿搭、談吐、眼神，書與人流動在空間中，漸漸在巴哈裡，認識了些本來也不太可能認識的朋友。音樂館店員總能信手捻來那些門道裡的經典，每個地方似乎都設計得要讓人久留，這種慷慨，就似攤開昂貴的藝術畫冊，宣告知識的自由，在深夜書店裡窩著，挑一本輕鬆的書，佔領一塊小地盤，就這樣，等著破曉的299，沒看完就買了在車上繼續。

我的記憶跟著台北的城市發展，從B.B.CALL換成了手機，捷運也在粉塵城市中風光啟用。大學延畢半年，二〇〇四年底，到世界第一高的一〇一大樓，參加第一次跨年煙火，據說也是世界首創摩天煙火，極其興奮，寒冷的現場擠滿群眾，壓軸的歌聲是張惠妹，跨年將近，我感覺自己能生活在台北真的是驕傲，雖說，我也明白，台灣這變動的島嶼，有著政治派系與平權議題，然而每到這種集體共感時刻，我便容易落入群體力量的圈套中，豁出去享受，豁出去吶喊，讓感動超越理性。那時，作為首都的台北，很有拼、革、造的能量，超有感染力。我站在人群中，大家舉起手來，跟著一〇一的燈光倒數，一階階往上熄滅，三！二！一！那一刻，我腦中泛起了幻想，這數十萬人，是不是為了慶祝我的畢業而吶喊，是不是為了前方那位大叔的手術順利，是不是為了股市破萬點，是不是為了九二一祈福，是不是還願SARS平安。這幻想是一種基因，會深植在腦海的時空膠囊裡，潛伏在對勁的時候扭開。我也未曾想過能成為世大運的文化導演群，將「台灣很年輕」給翻演在世界面前，也沒想過會擔任白晝之夜的藝術總監，打開南港、研究北投又重讀士林，讓數十萬人共襄盛舉，時空膠囊在紅白煙火裡成為了幻想的預言。

元旦清晨，這次回程，是我最後一次搭上299。研究所後的人生，重心移到北區，鮮少搭公車了，記憶越似塵封的寶盒，人說求學時候的朋友最珍貴，台北在我記憶所繫之處，是這位叫299的朋友給牽動了時空。來自花蓮，住在芝山一帶，靠近都市又近山水，些許花蓮感，曾問自己要不要返鄉定居，又覺得台北已是我家，兩個家鄉，這樣我以為我是台北人了，卻仍是遊晃的少年，在這個都市包裝的膚表下，那層深邃是我一輩子也無法參透的，唯有遊晃，繼續遊晃著而已。

台北的過場感，依舊啟發著我與人生之間的探問，我不是老台北，而願意認真地保持這樣的新鮮感，如同少年那日下車沓雜的人流，再將我推至生命中的各種巧合當中。

太平洋
natural beauty
自然美
C.Y.S. 假髮·接髮
Lady's wig & man's toupee
接髮

細小零碎的東區建築空間記憶

凌宗魁

從松山切出信義

即便只是台北，這座面積和人口在世界排行四十幾名的中型城市，一個生活模式乏善可陳年屆四十歲的中年人，所熟悉的也就是幾個行政區裡的幾條街道而已。出生在松山空軍總醫院，家住在週遭還多是田野和工廠的三張犁聯勤四四西村改建的忠駝國宅，從小的自我認同就是松山人，屬於大清國以來基隆河畔媽祖護佑的轄區，和家長年節返鄉再回台北，下車回家停靠的也是松山車站。

小學一年級時，家裡收到里辦公室通知要送來新門牌，說西村里還是屬於三張犁，只是從此改隸「信義區」，這對還在背誦住家地址的小學生衝擊之大簡直是翻天覆地的轉變，家長和朋友聊天時還會自嘲「我們被松山踢出來了」。那幾年台北的市內電話從七碼變成八碼，計程車突然全部變成黃色，國宅附近的田野和工廠逐漸長成一座座大型工地，去爬象山時走的信義路越來越長，原本會從信義路左轉進光復南路的公車，也都改為直走繼續一路向東，國小生深感日常無永恆，生活場域每天都有隨著時間改變的元素。

三張犁支線

現在國小學生上學放學還會排路隊嗎？學子眾多的一九九〇年代，從國宅出發經過光復南路大片住宅區，前往光復國小接受義務教育的隊伍軍容壯盛，每隊會選出路隊長，象徵性負責確保隊伍整齊不辱校譽，維持像小小兵般躁動的黃色鴨舌帽們的秩序，路隊等待漫長紅綠燈，通過路寬達百公尺的仁愛路，越過這條通天河就覺得進入學校範圍內，從地圖看起來光復國小雖然像是從國父紀念館公園用地中劃出一塊校地，其實學校成立比館舍落成還早了八年。行經國父紀念館圍牆外的聯營公車票亭時，路隊會短暫潰散，學童們則會聚集並迷失在琳瑯滿目的鬥片、明星圖卡和零食裡投擲零用錢。

更年幼的幼稚園時期，通過仁愛路口是可以看到火車的。直到二〇二一年，國父紀念館圍牆在光復南路靠近仁愛路的部分，仍可見到一小段人行道地勢微微隆起，鐵欄杆的造型和欄杆基座牆上的分割線不連續，那是三張犁支線的路基遺跡。一九八六年鐵路廢線後，斷開的圍牆被接起，早先幾年基座新作斬石子的色差還很明顯，後來就越來越不容易看出來。

日本時代的縱貫線鐵路行經松山，從今日市民大道四段和忠孝東路二二三巷路口開始，向東南分歧岔出三張犁支線通往帝國陸軍的工廠與靶場，沿仁愛路向東延續貫穿今日台北市政府的中軸線，再通過松仁路抵達今日國泰金融中心和星展銀行之間通道與松勇路口的台北花園社區西側，全線為長約兩公里的單線鐵路，戰後持續做為由中國青島遷台的四四兵工廠的聯絡運輸之用。

查找歷史地圖，這條鐵道線路在一九四五年美軍地圖清晰標示，但在一九五一年到一九五七年的各張台北市地圖都未見標示，這幾張地圖都有畫出淡水線和新店線，可見不是刻意省略不畫鐵道線路，而或許是在保密防諜時代氛圍下，隱藏敏感的軍事設施運輸。直到一九五七年的〈台北市街道圖〉才又再度出現三張犁支線，當時四四兵工廠已遷台九年。楊家雲導演一九八〇年執導，鍾鎮濤、應采靈主演的電影《美麗與哀愁》，有拍到列車緩慢通過的動態影像；李泰祥和唐曉詩一九九二年《告別》的MV也走在尚未拆除的三張犁支線鐵軌上取景。三張犁支線廢止那年，華山貨運站也被廢止、市政府成立捷運工程局籌備處、裕隆飛羚誕生，盆地內交通模式正日新月異的演化。

二〇二一年國父紀念館啟動景觀改造工程，新聞報導大多聚焦在可從仁愛路視野遮蔽大巨蛋的王大閎原始規劃林蔭大道，其實這個景觀計劃也以意象標示出三張犂支線。這段支線鐵路在光復南路以西的路型還很明顯，但逸仙路以東進入一九九〇年後大興土木的信義計劃區，幾乎無跡可尋，如果將鐵道意象從國父紀念館東側繼續通過台北市議會大樓前延伸至松勇路，那麼台北市政府的中庭地板上，有一條鐵道貫穿過去也滿有趣的吧。印象中三張犂支線鐵路與馬路交會處，可能是因為班次少或車速慢皆未設置平交道，但小時候從仁愛路正門要進國館園區時則要等平交道號誌與柵欄，或許熱情謁見孫文的行人比車輛駕駛更需要警示？

蔡柏鋒

沿著支線舊鐵道路跡往西進入光復南路，和馬路圍出一塊小小的三角形人行道路島，曾經站著三尊環保署推行資源回收政策時的明星外星寶寶黃金鼠、紅辣椒和翡翠蛙，小學時還因為學校響應政策，被老師推坑買了一隻黃金鼠撲滿。再往學校走幾步，就會看到永遠擠滿學童，門旁掛著「台灣第0006門市」銜牌的麥當勞，門口站著不知曾讓多少孩童心生懼怕的小丑叔叔，但我對他這個人的印象是很好的，考試成績不錯時，會被家長帶去換得附贈精美玩具的快樂兒童餐，吃到漢堡那天我還會開心的在日記上畫個漢堡以茲紀念。現在是陶板屋餐廳的地下室，在我高中時是間誠品書店，也曾在裡面流連不少時光，後來才知道第六號麥當勞和地下誠品，位於蔡柏鋒、陳昭武建築師的名作「文華花園」。

這棟造型清爽的住商混合建築，基地短邊朝向大馬路為店家迎接來客，上方樓層的住宅則需從光復南路二九〇巷的長邊側面進入，區分與店鋪的動線，並在室內圍出一中庭天井，處理狹長基地的配置手法高明，店面退縮出無柱騎樓和側立面的水平分割都極具時代特色，頗有日本住宅建築風味，如果再過十年沒遭都更被拆除，或許有可能會被提報文化資產保存吧？

即將迎來國中生涯而感到焦慮的小學六年級時，我的教室就在操場旁最靠近忠孝東路的力行樓三樓，當時馬路對面尚無惱人且會自體成長的大巨蛋，而是隱藏在一大片鬱鬱蔥蔥的樹林中的國稅訓練所與松山菸廠，唯一能從教室外走廊清楚看到的建築只有韓國大使館。這棟同樣是蔡柏鋒設計的奇特作品，單斜屋頂上覆蓋充滿度假情調的橘紅瓦片，彷彿海濱飯店的傾斜陽台頗為違和的面對車水馬龍的忠孝東路，聽說是美國人下了指導棋，以暗示分隔南北韓的北緯三十八度線為概念設計的斜角造型。後來蛋糕般的三角建築終究沒有長成象徵南北韓統一的完整量體，中華民國被韓國斷交後，曾改為交通部觀光局旅遊服務中心，最終因為體育園區擇址於此遭到拆除。

光復．大陸

韓國大使館斜對面，光復南路忠孝東路口的第二象限街廓轉角，是量體龐大的光復大樓和大陸大樓。台灣高鐵初代董座殷琪的祖父殷汝驪之弟殷汝耕，年輕時追隨黃興參加辛亥革命，一九一三年再跟隨孫文參加討袁鬥爭，在革命黨人裡的梯次比蔣介石還前面，後赴日留學早稻田，畢業返回中國後擔任北洋政府的財政部司長，一九三五年在日本扶植下成立冀東防共自治委員會並出任委員長，比汪精衛的南京政權更早脫離蔣介石的國民政府。

冀東政權轄下有河北省二十二縣，設民政、財政、教育、建設、實業等五廳，掌握大量煤礦、鐵路、造紙、鹼和精鹽等民間產業公司，影響華北經濟甚鉅。戰後受到重慶國民政府清算，以漢奸罪名逮捕，一九四七年被判處死刑被槍決，執行庭設在南京朝天宮大殿，就是《一代宗師》中張震飾演的一線天說的藍衣社舊址，聽說行刑當天刑場擠滿觀看民眾。

殷汝耕之兄殷汝驪為國民政府財政部次長，殷汝驪之子殷之浩為大陸工程公司創辦人，一九四五年成立於重慶的大陸工程一九四九年隨國民黨遷台，承建許多國防和交通工程與公共建築。一九六四年政府擇址松山興建國父紀念館，大陸工程也在附近覓地新建企業總部，一九七三年大陸大樓完工，由和殷之浩同樣出身上海交大土木系的吳文熹和主任設計師陳鍊鋒設計，當時大樓東側是三張犂支線，隔著鐵道是大陸工程所屬機構大陸育樂公司的大陸溫水游泳池。一九七三年澳洲泳將泰伯特應邀來台訓練游泳選手，曾和泳協理事長胡新南和殷之浩在泳池邊留下歷史影像。

一九七六年大陸工程拆除游泳池後在原址新建緊鄰光復南路旁的大樓，因家中曾有「漢奸」的殷家，終於有機會將大樓取名「光復」，與原本的大陸大樓連成「光復大陸」以向當局明其志。後來演員谷名倫即在此樓墜樓身亡，究竟是與劉家昌有心結還是得罪蔣孝武至今仍為懸案。而分開兩棟大樓的舊鐵道，拆除後則成為停車場以及捷運國父紀念館站2號出口規劃出口的位置。

修澤蘭

光復國小的大門有兩座造型奔放如倒置的百合花的門柱，三年級時參加校內寫生比賽，曾努力刻畫對國小生而言過於複雜的造型，畫到一半還有一位可能看過《魯冰花》的高年級學長路過給出評語：「你不能用尺，看起來會很呆板！」後來感謝評審老師安慰得到「佳作」。大門廣場的楊英風雕塑後則是著名的圓形建築光復樓，二年級時的教室在圓樓中，同學間謠傳圓樓屋頂晚上會成為飛碟基地，還有人在上面看過外星人殘留足跡，圓心地底下則埋藏著某任校長的屍骸，樓梯間校友贈送的衣帽鏡在午夜十二點可以通往另一個世界。連接圓樓的長型校舍也設置許多像是太空船通道，底部可用牛奶塑膠籃疊起圍牆做為祕密基地的戶外圓弧旋轉樓梯。

長大後，認識奇異門柱與魔幻圓樓的建築師修澤蘭在台灣建築史的開創性地位，光復國小是她四十歲左右的作品，正是建築家創造力最充沛，並且仍保有大量創作熱情與初衷的年紀，感謝修建築師在政治氛圍緊繃肅殺、社會最缺乏想像力的戒嚴時代，以宛如說出「藝術就是爆炸」名言的日本藝術家岡本太郎的旺盛能量，在台灣各地留下許多可引發學童奇思異想的奇幻學習空間。

浮動的東區

在台北地理空間的指認上，所謂東區很明確的是指涉復興南路以東、光復南路以西、市民大道以南、仁愛路以北的範圍內（台北市商業處定義），但以台北發展的方向而言，延續從淡水河畔建立聚落到城鎮的脈絡，東區更像是個浮動的概念，隨著土地開發及農用轉向商業化，信義計畫區、南港諸多工廠變更都市計畫用地，陸續成為不同世代記憶中的新東區，動力火車的忠孝東路越走越長，八三夭的東區也停不下來。成長的松山三張犁，隨著軍眷住居的四四南村變成世貿旁的文青擺攤市集，水圳流經周遭的兵工廠也已是百貨與旅館林立的商業重鎮，農業氣息地名逐漸被遺忘，而我則隨年齡增長持續向西探索台北，與城市發展方向背道而馳，慢慢認識盆地乃至島嶼精彩豐富的曲折身世。

昆明

陳柏言

午後一點的昆明診間，當電子號碼艱難抵達三十二時，他們的話題，也已走到盡頭。

「幹，我媽還要我去幫她領紀念品。有什麼毛病啊？」張卓從口袋裡，掏出一張對摺的通知書，「你有沒有聽過這個？」

他接過通知書，攤開，不算密集的小字。圖表，交通路線，還附上兩張贈品縮圖：一對不銹鋼杯，和一只不鏽鋼碗。

代理的證券公司，位在康定路上，距離不算太遠。

「我記得應該是滿抗跌的。」

「也很抗漲，」張卓立刻接著說，「我媽根本不懂什麼投資，領到杯碗就以為有賺了吧。」

研究起理財，是他回到南部老家，辦理母親後事以後的事。送走為數不多的親戚，天未完全暗去，他便倒在床上昏睡。凌晨時分，他驚醒過來。全身的黑衣黑褲都沒換掉，走進便利商店，像一隻鬼。在日光燈照下，他夾了兩塊蘿蔔，盛裝熱湯。在那白晝般的黑夜，從未感受過的老之將至。

像是被催動了什麼，隔日他便上網鑽研，以往總嫌麻煩瑣碎的保險辦法：終身險，癌險，重大傷病，實支實付……。他已有預感，此生的終程，將不會有人送行。他能仰仗的，只有帳簿數字，白紙黑字的契約。

久病的母親並未留下財產，父親也早在他國中時離家，去了台北，不再回來。

他是個孤兒了。

杯碗的話題，並不能堅持太久。

張卓將通知書收回，也回收了聲音。那是午後一點的昆明診間，返歸沉默。

博士班考試兩天前剛放榜，他驚訝地發現，張卓的名字，並未出現在網頁上。

仔細回想，或許不需要太多的驚訝。

明明，也沒看到張卓，付出過多少努力——或者說，正因為張卓表現出來的Chill態度，讓他以為上榜已是十拿九穩。

那當然不需要提，也不可以提。

或許可以問問，領完康定路的紀念品，還要去哪裡？只是，那會不會讓張卓聯想到，落榜的事——關於以後，未來，「你要去哪裡？」

會不會，本來就沒有要去哪裡？他想：張卓只是通過毫無希望的考試，讓漫遊的時間延長而已。

他又靜默了。

他並未意識到，自己正發出一些無意義的噪響。

比如搖晃椅背，扭動脖子，甚至，伸出手去拍打盆栽植株的葉片。

凡此種種，終究敵不過午後一點的昆明診間，那麼巨大逼人的靜。診間的等候者們，像是被關進了真空室，聲音全被抽去；而他們的臉孔，也鍍上一層光的霧氣。他想像著：這群人，這個時代的人，包括他自己，正以一種穩定的速度，緩慢蒸散，消失，什麼也不留。

那是下午一點的昆明診間。並沒有任何人，理會他的不合時宜之舉；連開門叫號的女士，也未曾停留目光。

她的眼神，直直穿透了他。

也許，他能夠從那些靜默中，讀出一絲悲憫。他們包容他，還是個不善等候的新手；也或許，他們會感到欣慰，甚至有些傷懷，像是看見許多年前的自己。

就連張卓，也並未說話。

他正用細長的手指，撫摸著牆壁，因為剝蝕而掀翻起來的一小塊壁紙。那裡出現了一個粉白色的洞，像是皮膚底下的肌肉紋理。

張卓手指繞圈如研磨，灰屑不斷不斷墜落。

「對了，你剛剛說，」他說，「你是幾號？」

「四十三啦，你問我兩百遍了，」張卓拍了一下他的膝蓋，像是終於認輸，「好啦，我去抽根菸。快到了叫我。」

號碼跳到三十六時，他仍在思考，為什麼會來到這裡。為什麼會心甘情願地，坐下來，將自己困住。

為了走向午後一點的昆明診間，他橫度了大半個台北。

走出捷運站，走過電影院，掛著彩虹旗的紅樓廣場。他走過那些，落寞的街道，尚未營業的餐酒館。

盛大的陽光，讓萬物輝煌而敗老。

他走過峨嵋停車場那條路時，總會特別留意，避免踩踏道路凹陷處，包裹著棉被的人。

在昨晚接到張卓的電話以前，他是否曾經想過，可能會來到這裡？

——有的，必須誠實地說，他確實想過。

那是像他這樣身分的人，沒有一個躲得掉的惘惘威脅。那是過於老舊的宿命，乾澀而窮酸的擔憂。

不過，他真的很努力了。在慾望面前，抗拒誘惑，並在許多時刻，將自己熾熱的身體，牢牢抱住。

他坐下來，耳際全是細瑣噪響：無規律的踱步，取藥的叫號，隱藏在水泥牆裡的咳嗽，建築物中的機械升降……

還有那掛在牆上的計數器。電子面板左上角發生故障。跳動時，留下殘影。

第一次和張卓見面，他們就去看了電影。

那時，他還在孔老師的研究室。為了順應趨勢，上級編列資金，籌措了一個為期三年的專案計畫，要求特定研究員運用數位工具，進行文本分析。孔老師提議的探討對象，是一座位處中國西南的城市。

有一陣子，孔老師特別關注一九五〇年代的民生狀況，便要他從數十萬、數百萬筆報章資料，蒐集各種藥材（包括菸草）的生產和流通情況，並藉由GIS系統，模擬出相關的地理分佈。

孔老師的研究室，位在研究大樓的頂樓。

他去面試時，老師要他坐在門前的沙發椅上，室內格局狹長，兩人的距離也像是隔了一道海灣。孔老師大概五十歲年紀，戴著一頂鐵灰色的獵鹿帽，臉部有些皺紋，卻沒有衰老的樣子。孔老師給人的感覺，乃至整個研究室的窗明几淨，都非常諧和。顯然不是那種，任由學術工作將「個人的生活」吞沒的人。

他介紹起自己，剛從城市南邊的歷史碩士班畢業，打算專職工作幾年，再思考以後的路。

「準備出國深造嗎？」孔老師問他，「有沒有什麼計畫？」

他搖了搖頭，說：「我不想再念書了。」

孔老師沒有問下去，只是說起，還在國外念書時，就已聽說數位人文研究的「樓梯響」。他師從的幾位教授，都對這樣的研究方式嗤之以鼻，「他們說，借助這個的，都是些沒有才能的學術工匠。結果現在好了，變成熱點，有趣了。」

「你看一下這個，」孔老師站了起來，將桌上的筆電轉過來。螢幕上是密密麻麻的線圖，「你不用緊張，基本的Markus和GIS系統，你摸熟就好。到時我會找人教你。」

孔老師抽出薪資表單，請他簽名，並開始和他討論排班的時間，「你要不要喝杯咖啡？」

他搖了搖頭，直說謝謝。

「對了，」孔老師像是突然想起了什麼，「你聽過昆明嗎？」

「有，在高中的地理課本上，有讀到過。」

「有沒有什麼印象？」

他有些愣住，這是考試嗎？

「我記得，它以前叫作『春城』……，然後，現在好像污染很嚴重？」他說，「我是不是在講廢話？」

「不是廢話。」孔老師笑著說，「你這三年，都要在這個地方度過。」

雙人套票是在台北電影節的官網上買的。

那是阿莫多瓦的電影。

一個月前，孔老師就託他買的。

本來說好下班後，可以一起去看。但播映那天早晨，孔老師接到醫院通知：臥病多時的妻子，忽然血壓急降，情況不大樂觀。

老師傳LINE給他（那時他在六樓的電腦室工作），寫著：「今天做到哪算到哪。有事情明天聯絡。」

他出奇認真的投入工作。

不只完成進度，還超出預定不少。臨暗之際，他將標記好的文本，輸入表單，同步更新雲端。

離開電腦室，他乘電梯至研究室，將堆疊在書車上的三、四本書取出。他習慣打卡離開前，將孔老師即將逾期的書，帶去圖書館續借。

那個總在主揪團購的媽媽館員，見他一人抱書走來，有些詫異打量著他。

「今天比較累哦？」館員刷著條碼，「不用收據吧？」

「對，一樣，謝謝你。」他點了點頭，一邊在代借單上簽名，「上次那家柿餅很好吃。」

「喜歡就好，」館員說，語調忽然轉低：「孔老師沒有跟你一起走哦？」

要怎麼消耗電影票？

滑開睽違許久的APP，第一個跳出來的便是張卓。

那是一張裸露著上半身，抱著一頭灰毛貓的照片。

個人簡介非常短。二十七歲。身高一七二，體重六十五。台北人，正在備考狀態。什麼都可以嘗試看看。

他往右滑。

配對成功。

張卓傳來一個揮手的符號。他回傳：Hello。

他從研究大樓走到公車站牌，都沒有收到回應。

他將手機收進口袋，想著：很正常，用軟體的人，沒一個是懂得聊天的。

手機震動。

張卓傳來訊息：你不覺得我們長得有點像嗎？

他坐在影院一樓的超商，點了咖啡。

夕照餘暉裡，有女子著古裝，撥彈巨大的豎琴，演奏梁靜茹的〈愛久見人心〉。一首歌還沒完結，張卓就到了。

單邊耳環，短褲長襪，帆布鞋。花襯衫，坦露出薄薄的胸膛。完全不是影像中，抱著貓的文青；膚色還比照片黝黑幾度，更像是圈子裡的主流長相。

「你知道這裡鬧鬼吧？」他們走進擁擠的電梯，張卓忽然冒出了這樣的話，「我聽說，在電影最精采的地方，會有一隻手伸出來抓你的腿。」

他當然也曾聽過。

在台北，像這樣有點年代的電影院，哪裡少過鬧鬼的傳聞？

不過，他還是盡責的，擺出驚訝的樣子，「你確定是這間嗎？」

他清楚知道，張卓並不只是要講給他一個人聽的；而他們後面，就緊貼著一對毛躁的小孩，以及他們毛躁的父母。張卓為什麼要說這個？是惡意，或者只是單純的惡作劇呢？

他並不是張卓這樣的人，但為了張卓，他願意配合演出。

「不覺得很有情調嗎？一個人來也不會孤單耶，」他們走出電梯，張卓仍兀自講著，「你吃爆米花吧？甜的還是鹹的？」

偌大影廳裡，沒有幾個人。電梯中的人潮，顯然更多去看了別場電影。

他們坐在最末一排，那本是他和孔老師坐著的地方。

冷氣愈吹愈冷。

他感覺到，有一隻手正在解開他的皮帶，另一隻手則緩緩拉開他褲子的拉鍊。

他從沒有在這樣的情況下勃起。

他只是一名新手，即使覆蓋著外套，仍處在非常緊張的狀態。他張顧四周，感覺快要到來之際，他忽然想起張卓在電梯裡的話，打腳底起了一陣冷箭。

直到離開，他都沒有射。

走出電影院，天色已完全暗下。

他們沿著漢中街，行經峨嵋街。路途中，張卓沒有問他，好不好看，口中嚷嚷要買那部電影所改編的小說《出走》。小說是加拿大的女作家寫的，但在電影裡，故事卻發生在西班牙，還出現了彷彿只在高中地理課本存在的庇里牛斯山。

他想著，為什麼孔老師會約他來看這部電影？

回想情節，故事裡，確有一名瀕死的妻子，但那不是他最關心的。他更在意的，是暗夜中的雪地，觀景窗，麋鹿。長途夜車，以及死在軌道上的怪異旅客。還有油畫那樣，陰晦，濃重而虛假的海洋。

他們越過峨嵋停車場，行經昆明街。

他們走到更遠處的百貨賣場，買了一個快煮鍋。那也是張卓嚷著要買的。他說，最近上網學了蔬菜湯食譜，要來試試看，「我太胖了，要減肥啊。」

買完快煮鍋，張卓問他，要不要再去紅樓喝一杯？「那裡有一家Drag Queen，有夠瘋，你一定會喜歡。」

他以隔日要上班為由，拒絕了。

「哦，那麼認真哦。」張卓送他去坐捷運，「真的不來哦？」

他看著張卓的背影（連同一組快煮鍋），隱沒進暗夜的西門。

捷運飛馳，他仍不斷想著張卓傳來的第一句話。我們真的像嗎？

孔老師的妻子，在他們看過電影的十六天後去世。

下午一點的昆明診間，張卓帶來了淡淡的煙味，卻仍未帶來話題。號碼走到三十九時，張卓垂下雙手，像是巨大疲憊之後，帶著戒備的鬆懈。張卓現在的樣子，竟第一次讓他想起了孔老師。

張卓當然也知道孔老師，並總用觀看奇異動物般的角度，理解孔老師，「你那個很愛讀書的男朋友。」

直到結束孔老師的三年期計畫，他們都沒有確認彼此的關係。那些日子，孔老師會接送他上下班，會牽手，接吻，一起吃飯，卻從沒讓他進過家門。孔老師對於性愛的興致不高，更多時候是他想要。他們會選擇位處城市郊區的汽車旅館，並在他的懇求下，不使用保險套。

結束後，他總感覺劇烈的飢餓。

他會點客房服務，送來一碗肉燥飯。
孔老師看著他狼吞虎嚥，也從來不吃。
他曾在一次前往旅館的車途中，向孔老師提起，關於「師母」的事。
孔老師似乎有些訝異，眼前這傢伙的失禮，即刻又感到羞愧，像是被當場抓獲的偷竊惡童。
「你可以說說看，你們是怎麼認識的嗎？」
「我不記得了。真的。」孔老師握著方向盤的手，顫抖，「我是說真的。」

四十三號。

叫號的女士剛探出頭，張卓已站起來，「輪到我了。」
「加油。」他即刻意識到自己有多荒謬：這種事有什麼好加油的？

不過，更讓他吃驚的，是張卓竟沒有吐槽他。

他這才注意到，張卓今天穿得特別保守。茶色的素面襯衫，七分牛仔褲。露趾的涼鞋。

耳環也取下來了，留下一個空缺的洞。

依然是好看的。卻真的是毫無違和的，成為在午後一點，出沒於昆明診間的男子。

他打開手機地圖，輸入「康定路」，點擊規劃路線。

張卓探出頭，叫了他的名字，招手要他進去，「我跟醫生講過了。他說，如果我同意，朋友也可以在場。」

診間以一道綠色布料的屏風區隔。負責叫號的女士，則坐在屏風之外，背對著他們。

「來，這邊坐。」他繞過屏風，就看見端坐的醫生，手擱在鍵盤上，「你是張卓的朋友吧？對，你坐那邊。」

他順從醫生的指示，在一張低矮的小沙發坐下。

他覺得沙發很柔軟，像是一個坑洞；他必須保持平衡，才不至於傾斜跌落。

「今天有什麼問題嗎？」醫生的聲調平穩，像是深夜的廣播主持。

「我想要問醫生……，」他從沒看過，張卓如此戰戰兢兢的樣子，「前天晚上，我和一個網友約了見面喝酒。後來就發生關係。」

「所以，上床了？」醫生打斷了張卓的話，「你不要介意。我想問的是，有進入嗎？」

「有，」張卓吞了一口口水，「昨天凌晨，他傳訊息跟我說，前陣子約的對象，被驗出來有ＨＩＶ。」

「你們沒有用套嗎？」

「本來有戴，後來他說，可以不用戴。」張卓說，「他說拿掉，沒關係。」

「所以，你是進入的那一方？」

他看著醫生嚴肅的表情，才確認那不是在開玩笑。

張卓點了點頭，隨後又辯解那樣的說：「平常都會戴，那天有點事，心情不是很好。而且我覺得，反正是對方要求的⋯⋯。」

他知道張卓說的「有點事」是什麼，「我本來覺得還好，可是我在網路上亂逛，看到說，進入的那一方，也有機率得。但是我不知道、我不知道會不會⋯⋯」

「什麼時候發生的？」醫生再次打斷張卓，一邊在鍵盤上敲字，「你不用急，慢慢講。我只是想知道確切的時間。」

「時間、時間，」任誰都看得出來，張卓正在強裝鎮定，語氣卻更加急促，「大概是兩天前。」

「幾點？」

「我真的不記得⋯⋯，大概，我想一下，大概凌晨三四點吧。」

「所以還沒有過七十二小時。」

「對。」

「那可以用藥。PEP，你也查到了吧。」

「有，我有看到⋯⋯，醫生，我是想要問你，我有沒有需要用藥？就是，如果是進入的那一方，有沒有需要吃？」

「你自己也說了，只要是危險性行為，進入的那方，也有機會染上。」

張卓抿了抿嘴唇，像是在論文答辯中，被擊中痛處。

「我現在只能就我的職責跟你說，只要無套，都有機會染病。如果你不想賭的話，還是必須吃藥。」

「吃一個月？」

「二十八天。」醫生說，「你是在擔心錢嗎？」

「不是錢的問題。」

張卓看著醫生的手指。

他看著張卓。張卓耳朵上空空的洞。

「我知道了，謝謝醫生，」張卓深吸一口氣，站了起來，「我可能要再想一想。」

「你抽血了吧？」

「抽了。」

「那就好，」醫生說，「有什麼問題，可以隨時來找我。」

「你覺得怎麼樣？」他說，「醫生太直接了吧？」

「還好。我覺得，跟我想的沒有差太遠，」他們在廁所裡，併肩排尿，「聊完之後，我覺得有好一點。」

「你昨天很緊張。」

「現在不會了。」

「嗯。」

「除了你之外，我昨天還打給三個朋友，」張卓說，「每個都勸我吃藥。」

「你要吃嗎？」

「我覺得不用了。」張卓說，「如果吃了，好像就認輸了。」

他們沉默下來。

「你要去領紀念品了嗎？」他注意到自己特別用力的洗手，還將指甲每一個縫隙都搓洗乾淨，「我查好要怎麼走了。」

「等一下。你趕時間嗎？要不要去四樓看看？」

「四樓？」

「可以去買快篩。我有買過唾液的，不用見血，」張卓說，「很方便，你要不要也去驗驗看？」

「幹。」他說，一面將手放在烘乾機下，機械發出轟隆隆噪響。

「搞不好你那個愛讀書的男朋友……」

「我們很久沒聯絡了。」

「是哦，」張卓說，「沒差啦。」

離開午後一點的昆明診間，他們坐電梯，下到四樓。

張卓熟門熟路的，繞過一些「關愛您」、「及早發現，及早治療」的看板，轉入一間辦公室。

光線昏暗，窗簾飄動起來，讓他想起國中時代的訓導處：略顯雜亂，卻又充滿著規訓與秩序的空間。

張卓敲了敲門，一個穿著運動短褲的高大胖子，起身，向他們走來：「有什麼事嗎？我們還在午休。」

「不好意思，我們想要買檢驗試紙。」張卓問。

「你們要哪一種的？」

「有沒有唾液的？」

「等我一下，」胖子轉過身去，走沒兩步，又轉回來，「我們現在只剩下驗血的，要嗎？」

張卓說那沒關係，怕痛，反正抽過血了。

「那我買一個吧。」他說，「一盒多少？」

「我好希望，可以一直活在沒有發育的身體。」

張卓說的話，有時候讓他困惑，就好像是一首詩。

他們坐在昆明院區前的廣場，看著比他們小上一輪的滑板少年，靜靜地滑來滑去。

「你要吃甜甜圈嗎？」張卓問，「幹，我一直聞到，好香。」

「你要請我吃嗎？」

「在講什麼？」張卓說，「你都陪我來了。」

「你不是怕胖嗎？」

「明天再減就好。」張卓說，「明天一定。」

張卓起身，小跑步，越過馬路。

他想起，大學面試時，母親也曾陪他到過台北。

為了方便前赴面試的學校，他們住在碧潭一間潮濕的飯店。在小小的梳妝台前，母親攤開台北地圖，用黑色原子筆，在另一本小冊子上，記下路線，以及公車號碼和停靠處，「比我自己要考試還認真。」

面試當天，他們順利抵達了學校。結束之後，夕陽才初初斜落。距離他們的回程時間，還有四五個小時。

「有沒有想去哪裡？」母親沒有問他，考得怎麼樣。

「西門町。」不知道為什麼，他第一個浮現的就是這個地名，「離車站也不遠。」

「哦，」母親說，「你爸爸有跟我說過。那裡很有名。」

他領著母親，吃了麵線和炸雞。他們快步穿梭在巨大的音響轟鳴中，逛過一家又一家的潮牌店，刷卡買下一雙顏色不對稱的鞋。

回到南部後，母親就病了。

臥病的母親總是說著，台北使人壓迮（ak-tsak，鬱悶），令人憂愁。那也像是一首詩。

他坐在下午二點的昆明廣場，等待著張卓回來。

他打開了篩檢盒。

因為用力過猛，破壞了刺針的彈跳力。他只好笨拙的，顫抖拿那刺針，按壓拇指；試了好幾遍，終於泌出血來。

他入迷的看著血液，脫離自己。

血液進入試管，墜落在試紙上，像是嬰兒爬行。

在這樣一個時刻，他竟不感覺恐懼，也沒有任何遲疑。反而浮現出，一股奇異的期待。

他凝望著試劑，緩慢顯影，想像那就是這一生的總結了。

那裡面，微縮著他的父親，母親，孔老師，以及張卓……，當然，還有他自己。

他想像，整座台北城的文明，如何被封存在他的一滴髒汙的血液裡。

路的潮解

蔣亞妮

每條街都有自己的味道，這是在我離開台北後才知道的事。離開在後來也不是什麼大事，我跟你說你大可也跟別人說，每個人一生中都要幾次離開台北，像是已經變成老電影的《海角七號》裡，阿嘉邊咒邊往南騎，阿嘉無處都是，罵它淒風苦雨、說它人品不好，說著說著總像唱起歌來，台北不是我的家，台北的天空與台北下的雨，有人在嗎？有人但不回答，直直撞著的青春就這樣高歌完了，白日放歌的無，縱酒的有，無的放矢的人太多，有的時候就當他們放屎。這些都是台北教會我唱的歌、做的事。

這一次先不唱歌，讓氣味從整座城底竄出，蛇舞一般，它會自己說話，將你蜷繞成它的紋路與鱗尾，整座城市都是蛇影，大蟒與小蛇吐信，成為街道，成為信念，在此之間，再讓你成為失信無道的人，這就是城市。台北限定的味道相對輕薄，也許有人會說我們有臭豆腐有火鍋有夜市，我們可以驕傲說自己是氣味的福德坑。但不是如此，台北捷運沒有味道，跟巴黎香港倫敦紐約東京上海地鐵相比，幾乎透明一如還不懂得製香的葛奴乙，最多只有出站入站門邊賣著現烤咖啡麵包（極偶爾是蒜香）的味道。有些城市是糞溺與石板街、有些是人不洗澡的羶臊，當然還有漂白水與芳香劑，髒舊的絨座位與柴油煙。街的味道來自時間，沉進了泥灰與瀝青，不同時期人們偷偷與忘情吐的口水與煙痰，霾灰與濕腳印，打翻的手搖飲或羹湯，有沒有勾芡可能會影響殘留時間。還有分手在巷口的眼淚，只一滴眼淚，遺恨的味道便多留在街上十年不散。

我的街道只有一種味道，陽明山上不是沒有其他氣味，只是該怎麼說呢？它們全都會被吞沒。在某一個瞬間、某一次張眼，那時我最愛的羊肉羹店裡的沙茶與羊香完美平衡，再多一分就變成一般羊肉羹的香與騷，早晨蛋餅被煎成脆皮的鍋油熱氣、麵店營業結束後排出流入水孔的煮麵水、飲料店「主義」剛煮好的紅綠青茶味、漫畫店裡書頁被人手汗脂熏開油墨的濕氣，網咖店十八度風口混著合成皮椅與微波食品的種種味道，全都變成街景，如果閉上眼，或許也能直行轉彎無錯處，許多氣味不再。但在當時，即使是這般引蟲鼠集聚的光華路小巷，熱鬧的用餐時間，也總有一瞬間全都被奪走味道的透明。那是神鬼都不藏影子來到的時刻，味道都被霧佔了去，偷借喜歡的詞裡一句話，大約很接近「霧失樓台，月迷津渡」。

山上的霧來，人間的煙散。

那時比山還高一些的還有大樓裡的教室，聽學長姐說有過一些日子，霧從未關緊的窗裡自來，教室變成山頭，竟會看不見前後，「有些人，上課上著上著就散了」。與我同在一間教室的男孩，變成了怎樣的男人，我沒有機會看過，就像我也從不是遇過魔霧的那些人。但曾經在課中盹睡，晃著頭時聽人說不遠的擎天崗上下了雪，雪還是少見的，霧卻從未在崗上退潮。或許是我上擎天崗的日子太少，有次在天將亮前走上崗上小路，霧影中拿著相機拍了許多身影灑在草坡上的照片，陽光把草的味道逼成了純露，濃度太高，記憶的探測器在這裡失了準，許多年後看當時拍的照片，都暗自僥倖沒有鬼影入鏡。但也將一起的人影，關在記憶卡裡，想取出時只剩潮解。

我們沿著山路騎車，有時你載我，有時換我載你；我載你的時候，陽投公路全閃著老黃色街燈，街燈的味道全是硫磺。木板隔間的門外室友是兩個離鄉工作的郵差，不知道他們有沒有像電影一樣，終究會憤怒離開台北？你載我的時候總是反向，硫磺色與味的街燈會慢慢變回陽明山上的霧白燈座，我住在建業路的一年，是鼻過敏很少發作的一年。濕霧像是兒科診所蒸鼻喉的儀器，把揚塵與所有其他味道壓過，變成了水。怎麼會知道你我先後變成了壞人，為什麼走在不同街道的我們，會選擇傷害其他人？在很久很遠以後，聽到愛過的人種種壞話惡言，比起他的好話，更令自己難受。不知道該怎麼和別人說其實你很好，如果很好為什麼不要？也不願就這樣接受，或許你一直都是這樣的你，其實我們都沒有那麼好。

建業路是我遇過最安靜的路，像在太空戴著頭盔、棉被心裡掛上抗噪耳機，它也是一條死巷，盡頭是當時的瓦斯行，一邊是學校、一邊是我租屋處的窗。我在那個年歲裡，探測世界的心還很熱燙，對生活洶湧發問。第一次默背起家以外的地址，對於路跟街的分類充滿疑問，以前最常說為什麼，現在只剩下沒關係。為什麼換來了許多冷知識，才知道在台灣、在台北，只有十五公尺以上寬的通道叫「路」，八到十五公尺之間，為「街」，再往下窄就成了「巷」。建業路如此寂寞，闊開的道路，從開始到盡頭沒有任何店家、沒有一個門牌會開門與他人共享。也曾問過許多愚蠢而不可愛的問題，「瓦斯行為什麼沒有瓦斯味？」、「霧氣被裝進瓶子還會是白色嗎？」、「這些祕密不要跟別人說好嗎？」、「你愛我嗎？」與「你為何不愛我？」

問題都是字，字也會逐漸霧化，年少時與某個人走過的山路，在多年後變成山霧，真的能確定每段記憶與承諾的歸屬嗎？後來讀到納博科夫的《說吧，記憶》，無比情動地在——「時間，乍看之下無邊無際，因此一開始我沒發現它是個監獄。我看到逐漸醒轉的意識，就像一道接著一道而來的閃光，閃光間隔逐漸縮小，最後變成一大塊亮晃晃的區域，讓記憶在此滑溜之地暫留。」這一大段下，畫線、摺頁、背誦。書寫如點名般一一整理著記憶的光縫，時間這座牢獄裡頭，每個人都自願變成困獸。將他與他之名來回拼貼，試圖剪貼成一個完整的故事，貼上各種「童年」與「青春」的路牌，可它依然是個騙子，書寫者更是騙子。建業路並不存在，路街巷道只是時間的牢。

「你有沒有聞過霧的味道？」我有。可是再也沒有霧那麼深的地方了，也沒有再聞見霧；時間的某段，也曾在英國鄉間的夜晚車站，被深淵一般的霧迎接，鬼霧一般，溫度與灰白色霧氣碰到防水風衣的瞬間、附著的聲響，我都能記得能書寫，霧卻從此無味。屬於我的街與氣味都已潮解，被書寫降成底噪，或成了弦樂器上的泛音，它們是觸覺視線與聲音，總之再也不是味道。時間是華彩曲與離歌，現在的我，開始朝那條街上的我說話與唱歌，才發現聲音早已啞了。

松山路六百巷

張娟芬

松山路六百巷，顧名思義，是松山路的附屬品。松山路到了末端，已經逼近盆地邊緣，只有五米寬。兩邊停了車以後，剩下窘迫的兩條單線道。公車塊頭大，會車時得小心閃避，得過且過。如果還不下車，路往上一抬、人往後一仰，就來到山腰上的公車總站。

六百巷是松山路爬坡之前的最後一巷。雖然是附屬品，但足足有二十米寬，功高震主。轉角處賣生煎包子與燒餅，爐子如一個大汽油桶一般立著，圓形截面上排著包子，長柄杓則在桶內神祕地來回，白麵糰進，黃燒餅出。騎樓下另有來來去去的小攤，以迷你鈸鐃自我宣傳的是麻糬，間歇性傳出巨大聲響的是爆米花，不吵不鬧的有豆花、紅豆湯、豬血糕。從路口走去，依序有五金行、理髮店、雜貨店、照相館、五金行、米店，對面有書店與麵店。

我們的世界分成「大人」與「小孩子」兩種人，「小孩子」又可以分成大的與小的，我是小的。我們有一個食物鏈，就是大人對小孩不耐煩的說：「走開啦，你不會啦，你不要在這裡！」然後大小孩對小小孩不耐煩的說：「走開啦，你不會啦，你不要在這裡！」

小的小孩子被到處驅趕，但不會團結起來自己玩，因為小小孩也不想跟別的小孩玩。所以大人與大小孩不想跟我們玩，我們也很能理解。不過我們有一種超能力，就是隱身術。我們只要默不做聲，世界便兀自運行，不會意識到我們的存在，結果我們往往是知道最多的。

樓下有一個小男孩比我更小，是在幾個姐姐之後終於生出來的寶貝，他最大的姐姐已經快要邁入「大人」的那一邊了，他才一、兩歲，眼睛大大黑黑的。他們家有柔軟的紅絨布簾，照相館的必要配備。困窘年代的人像攝影需要舞台般的背景，用那一秒的定格來假裝繁華與富貴。他走到哪裡都有媽媽與姐姐護著，我本來以為這樣的小孩隱身能力比較差，沒想到有一天，他居然不見了。

那原本帶著宮廷奢華氣氛的空間敞開來，紅絨布簾全部拉開。我隱身在附近飄來飄去，聽到大人們說，「瓦斯爐上在燒熱開水嘛——」「誰知道他這麼皮——」「就這麼剛好——」「送到醫院去，也沒有用，沒辦法了。」

那一家人也消失了，他們的豪華布簾留了下來。繼任者仍然是一間照相館，但他們沒有小孩。世事分成「吉利的」與「不吉利的」，不吉利的事情不能問，就是知道了也不能說，必須當作沒有這回事。知情者不說，繼任者不知，日子就這麼過下去。

附近沒有空地，巷弄之間有一個空空蕩蕩的公園，有兩圈水泥平台充當座椅，中間種一棵樹。聽說小學裡有盪鞦韆與溜滑梯，小小孩覺得很羨慕。大小孩偶爾聚攏在雜貨店的小房間裡玩「大富翁」，我聽說了也立刻趕去，很興奮地成為眾多頭顱中的一個，但完全不知道他們在幹什麼。

最高檔的童玩，應該是小狗了。有什麼比毛茸茸的會動的動物還好玩？可是大人們才不會同意小孩養狗的請求。「髒死了，吵死了，最後都是我在養」，媽媽們氣虎虎的說。如果小孩在路上抱一隻小狗回家，最後無非狗去人哭，鬧一頓、打一頓，復歸平靜。所以小狗是稀有財。

樓下的五金行就有小狗，初次見面就搖起尾巴，全不挑剔計較。五金行的狗有時候是黑狗，有時候是黃狗，也有花狗與白狗；小孩子是不計較的，一律蹲下去讓他舔舔手，摸摸背，然後在摸狗耳朵的時候惹怒狗，被他一偏頭作勢要咬，嚇得縮手，蜜月期就此結束。

大人卻覺得事有蹊蹺，「咦，上次那隻白的呢？」五金行老闆笑著說：「不見了。」他的金牙閃了一下，說完便縮進店裡深處。

在他聽不見的地方，大人說，「他們一定吃狗肉。」這也屬於不吉利的事情，於是知情者不說，繼任的小狗不知，仍然不定期變換著花色，日子就這麼過下去。

雜貨店的老闆是個笑呵呵的禿頭，櫃台上有一整排大塑膠罐，裝著各色零食。我喜歡吃一種褐色的小圓球，外面是餅乾，裡面包著一顆花生。很少有大人會對小孩子笑的，大人都相信要建立對小孩子的權威，就要時時板起臉孔。禿頭老闆是這裡唯一會笑的，我每次吃這種零食都覺得老闆這麼和善，我實在不應該吃他的頭。

我最對不起雜貨店之處，是去米店買醬油。雜貨店近，米店稍遠，論人情，我們必須在雜貨店買。可是我媽媽發現米店的醬油便宜幾塊錢。所以我去買醬油回家，媽媽會問我，「有人看到嗎？」好像買醬油是一種神祕的任務。

米店差不多是我們松山路六百巷生活圈的盡頭，再過去就沒有店了，西出陽關無故人。「逛街」至此結束，再走，只有及膝的雜草，不知路在何方。

日升月落，在雲深之處，這個都市有自己的計畫。那片荒煙蔓草清理了以後蓋起世貿中心，長得像一把積木，用來存放最新、最具規模、最國際化的，「大展鴻圖」的夢想。他們讓信義路向東延伸，在世貿旁邊畫出筆直寬敞的信義路五段，接到松山路六百巷，新的公車路線轟隆隆開進來。松山路不再是對外交通要道了，六百巷才是。我以為的無何有之地，竟然通往城市的新興發展區域，松山路六百巷至此不復存在，而成為信義路六段。

「信義路有六段？我以為你在跟我開玩笑！」門牌改了，我們從松山路的附屬品變成信義路的末梢——或者信義路的玩笑。縱然荒涼了點，單調了點，黯淡了點，松山路六百巷畢竟謹小慎微，度過了那個脂粉未施的年代。

春

松山路六百巷

夜那麼深

陳雪

因為接受雜誌採訪，記者約在一家咖啡館，安娜又回到了那條街。

溫州街，約好的咖啡店沒去過，大約知道地點，安娜下了公車，走過地下道，出地下道後看到屈臣氏旁邊的賣衣服小攤不見了，從誠品書店旁的巷弄走進溫州街，沿途有一些新開張的店，服飾店，飾品店，但是以前常去的咖啡店變成一家看起來很奇怪的店，她沿途走過去，看到雪可屋歇業了。

她至少五年沒來過這條街了。

曾經，這條街是她生活裡最重要的地方，幾乎每個週末她都會到這兒來，她熟悉這條街上的每一塊店招，即使沒有約人，就是來買書，走走路，也能度過一下午。

那段溫州街的時光，大約都是這樣的行程，下午時分，安娜與小陸從中和住處搭672公車到達羅斯福路台電大樓站，穿過地下道時會有個老伯伯賣花，一把十元的花有各種品項，出了地下道，屈臣氏旁邊左轉，有攤賣民族風服飾的小攤子，安娜以前穿著大膽，但近年頗喜愛棉麻質感衣衫，小攤子老闆娘人很富泰，做事細心，小小店鋪大約一坪，要試穿就得用一塊布掛在牆角權充試衣間。小陸才二十歲，本不是會喜歡這類服飾的年紀，但或許因為跟安娜在一起，也或許她本就有老靈魂，其實安娜並不完全明白二十歲的小陸心中所思所想，反正只是逛逛。

早餐是隨意打發了，這時若有點餓，就在路口的阿里港吃一碗鵝肉麵，鵝肉是燻製的，安娜很喜歡鵝肉麵的湯頭，但中部來的小陸吃不慣，就吃乾麵配小菜。吃完點心，先直奔位於地下室的政大書城，小陸尋找研究所要用的參考書籍，安娜瀏覽剛上架的文學書，或者挑選才從朋友口中聽來的某某經典，總是會有可以買的。各自結帳，買完書，轉進溫州街，有家小歇觸動她的回憶，二〇〇二年剛到台北，那時的女友也年輕，總與朋友約在這家小店，排骨飯、雞腿飯配冰紅茶，價格實惠，店裡都是大學生，那時安娜頭髮短短的，三十歲的她，被愛情折騰，感覺自己已經很老了。有幾家專賣運動登山等戶外用品的店，安娜在這裡買過防風的頭巾與水壺，沒事也還是常逛，那時她也剛買了腳踏車，到台北之後，第二次買腳踏車，但其實她愛搭公車，喜歡走路，認識台北都靠著一班一班長途公車隨意停下後迷路似的長征。不過她最常去的地方還是那幾處，台師大、溫羅汀，那時好像還沒有溫羅汀這稱號。公館就是她的生活圈，買書，買衣服，逛街，吃飯，見朋友，這一個區塊可以包辦她生活中的一切所需。

與朋友相約的時間還早，她拉著小陸去逛位於地下室的唐山書店，再冷門的文史哲書系在這裡都能找到，然後是秋水堂書店，買簡體字書籍，老闆還會提供熱茶，隨意一晃就是個把小時過去，這時提袋已經很重了，走到約好的咖啡店附近，小陸問說要不要去逛逛outlet，自從發現溫州街有家品牌特賣店，他們總是會去逛逛，有時能撿到兩折三折的好貨，品牌店以前是挪威森林咖啡，安娜剛到台北時還朝聖似地去過幾次，明亮的外觀依舊，推開玻璃門，還會有進入咖啡店的錯覺。

服飾店專售各種小眾設計師品牌，設計感十足，價位卻很親民，若能撈到千把塊的外套或裙子，安娜就會下手，小陸家境優渥，兩三千元的衣服也能入手，所以安娜多是逛逛，這些衣服對剛滿二十歲的小陸來說略顯成熟了，但或許她要的就是顯得成熟，以便消弭她與安娜之間十六歲的差異。

買或不買，逛完就離開，再往前，溫州街鄰近巷弄輻射出去，還有好多咖啡店。有家以可麗露聞名的咖啡店，是詩人前輩的最愛，門前綠籬圍繞，總給人庭院深深之感。另外還有窯烤披薩，地中海料理，三角公園，陽光晴好的日子，安娜時常在這個小公園曬太陽，看附近街貓走來走去。

再往前，溫州街到了這一段多是老舊房舍，有些屋前堆滿雜物，牆壁用破舊的帆布遮擋，已經近乎廢墟了，門前卻還種植著茂密的盆栽，顯示這兒仍有人居，並未荒廢。二〇〇六年，她登上某文學雜誌封面，從來不將照片公開的她，也鮮少拍照，當時封面照片就是在這裡拍的，背後是老舊的屋子，堆堆疊疊的回收物，攝影師說，這裡氣氛很好，安娜站定，不自在地微笑，那時，她無法隨意面對鏡頭，也沒有想過幾年後她會變成時常接受攝影拍照的人。

那時生活裡的一切都很簡單，幾百元的衣服，幾十塊的小吃，或者永無止盡地散步，可以走到地老天荒似的。

時間來到六點鐘，遠遠已經看到朋友在咖啡店的庭院抽菸，安娜對朋友揮手，他們快步走上階梯，在門口擁抱，然後推開門進屋。屋內寬敞，裝修過幾次，後來的風格是皮製大沙發，古典扶手椅，每一張桌椅都不一樣的混搭風，老闆娘豐滿豪爽，來的好像都是熟客，時常會招待大家吃她做的蛋糕。老闆娘還開了另一家店，是安娜與這群創作者朋友最初聚會的地方。左轉巷子裡的另一家賣比利時啤酒咖啡店，那是幾年？二〇〇四年四月，小說家自殺後的告別式，他們一群人去參加喪禮，離開後心裡都有悵惘，安娜那時剛到台北兩年多，還在跟憂鬱症搏鬥，五年級作家已經有三個人自殺了。

那時，彷彿是匿名戒酒協會，或某種協力自救的默契，「不要再讓我們之中有人死去了」，每個月大家都會選一天聚會，咖啡店、小酒館，哪兒都好，最初有七八個，詩人、小說家、導演，都是五年級的創作者，定期找個地方，三明治、蛋糕、炸物拼盤、或義大利麵有的沒的點一桌，然後是啤酒、咖啡、調酒，一杯杯端上來，更多時候都在說話，奇怪一向孤僻的這些人，聚在一起卻有說不完的話，安娜那時感覺自己第一次處在某個群裡中不覺得自己怪，因為大家都太怪了，甚至，在那時，自身的孤怪像是才華的一種，他們輪流說著故事，故事與故事銜接，因著某關鍵字或相關主題，或回應某些感覺，就再說另一個故事，就像爵士樂，可以一直不斷地衍生下去。

安娜記得有一次大家去看試片，《最好的時光》，看完去喝咖啡，喝完咖啡又搭車去一家酒吧，酒吧太吵了，講話都聽不清，他們一群人搭著計程車到處晃，想找個安靜的地方聊天卻苦苦不可得。那天晚上不知換了幾個地方。

後來還是回到他們的後花園。對，那家賣比利時啤酒的店他們暱稱叫後花園，因為第一次聚會就是在店裡的後面小花園，因為是半開放空間，可以抽菸，那時安娜是兩天一包菸，而其他人也都是菸槍。

後花園的聚會持續了一段時間，但發現店裡生意太好，並不是時常可以訂到花園座位，而店裡雖然空間很大，但因為客人太多，不方便聊天。有一陣子他們先轉到附近一家酒吧，因為裡面座位都用薄紗簾幕區隔起來，燈光又都幽幽暗暗的，就被他們戲稱為妓院。妓院開得很晚，夜裡沒什麼客人，因為熟了老闆有時還特別讓他們待久一點，最高紀錄是坐到了凌晨四點半。

在妓院聚會的時期，彷彿蜜月期，持續了好幾年，安娜與小陸的愛情也開始於妓院時期，小說家Y與他的野蠻女友也相戀於此時，那段時光好像人人都在戀愛，或為情所苦，不同於在後花園時期，那時安娜漂泊不定，其他人除了已經結婚的L，也都還單身，第一次聚會時安娜說了自己在國外的性冒險，後來，有一兩年的時間，安娜也都還在嘗試各種關係的可能，安娜終於與一個女孩開始交往，女孩與大家見過一次，那段愛情燦爛而短暫，很久之後，L還會常問起，「那個很優的女孩後來好嗎？」後花園時期，安娜就交往了兩個女友，大家都見過，後來也都分開，變成朋友了。

到了妓院時期，因為身邊總帶著小陸，安娜是以感情穩定者的身分出現在聚會裡，過往光怪陸離的冒險故事沒有了，但依然有好多話可以說，安娜印象最深是每次到了都會點餐，烤雞翅，炸薯條，起司球的拼盤，安娜總是先埋頭苦吃，吃飽了才開口。那時，真的好窮，吃慣了自己煮的雜菜麵，只要有外食的機會，安娜就是猛吃。那時大家都還年輕，從三十歲到四十歲，正值創作力最豐盛的時期，那時他們有講不完的話，說不完的故事。

好多往事都是在聚會的時候想起的，她感覺自己生平第一次可以融入一個群裡，而且是主動自願，積極地想要與這群朋友在一起，那時友誼似乎比愛情更濃更持久，一群人每月聚會，平時還要寫郵件往來，郵件一寫就是好長好長，有一段時間，他們甚至還申請了一個私密的部落格，無論是聚會，郵件往返，或部落格裡發文回應，都是一種祕密集會的氣氛，私密而親近，但後來也是因為部落格裡的發言跟實體聚會不一樣，一個擦槍走火，鬧得不愉快，有人退出了聚會，關閉了部落格。

從二〇〇四年七、八個人聚會，到二〇〇六年安娜與小陸在一起，聚會人數一直在減少，後來就這麼固定下來，固定班底是安娜與小陸，Y與女友J，L總是單獨來，偶而會有D，或者M，在妓院的包廂裡，煙霧繚繞，桌上小食被安娜一點一點吃掉，他們像是輪唱或變奏，從一個故事換到另一個故事，彷彿天地間只有在那個包廂裡的人是最熟悉了解彼此的，小小包廂又像是教堂的懺悔室，他們對著彼此傾訴近來發生的，衰事，糗事，不可告人之事，以及難以置信的事，那時的人生，即使不談戀愛，也還會有好多怪事發生，他們仍處在必須動用全身心所有感官去感知、體驗、經歷世界的時期，小說彷彿是吸收了他們的血肉與魂魄才能兑現出來的，那時他們身體都還很好，每次聚會都會聊到酒吧打烊為止。

有一次，聊起了彼此的創傷，小陸提起母親的死，Y也是已經父母都已去世，L則曾在遠方搶救他病危的父親，安娜呢？安娜已經自我放逐遠離原生家庭好長時間，他們彷彿像一群孤兒似地，訴說著那些流離的往事。那晚，說得動情，D說起小時候父親對他嚴厲的管教，種種斯巴達式的教育方式，D一向寡言，那晚卻特別激動，大家聽D說話時，都靜默了，看著眼前這個模樣特別好看的男子，說著自己孤獨痛苦的童年，語調中彷彿有一種他還是個少年的感覺，那晚他們坐在靠街的座位，牆邊有一扇小小的窗戶，安娜看見一輪新月就掛在窗戶外頭的天上，彷彿也在靜靜聽他們說話似地，她是個孤怪的人，從來也沒有什麼親近的朋友，可是在那一晚，她深刻感覺到友誼與愛情聚集在一起，是她未曾感受過的。安娜小心翼翼說起大學剛畢業時那段淒慘的時光，有一個假日的午後，想要出門去租錄影帶，走下樓發現忘了帶走要歸還的片子，她又回頭，打開門想走進去拿一下就離開，沒有關上的大門隨即闖進了一個男子，「乖乖聽話，就不會有事。」男人說，手上的報紙裡拿出一把菜刀。安娜冷淡敘述那個午後的遭遇，小心揀選字眼，緩慢地說出口，「我曾經被陌生人傷害過。」眾人皆靜默。她看到易感的L流下眼淚。

後來酒吧打烊了，他們一群人走到外頭抽菸，D淡淡說起自己當兵時在電視新聞裡發現初戀女友被人殺死。那時起了風，一陣惡寒吹過了每個人的身體。細節都不重要，重要的是，為什麼在那時，對著那群人，說出了自己的祕密。

他們沿著溫州街巷子往羅斯福路走，走一段，停一段，要去路邊攔計程車，卻又在屋簷下說了起來，冷風中，話語都在顫抖，可是想說出來，知道這些話會被朋友們記住，且深刻地理解。他們邊走邊停，看到D好看的臉一時暗了下來，眼神裡有苦痛的火光，安娜想著他聽到女友死訊的當下，幾乎感覺到那慘烈的死亡就在眼前，忍不住閉上了眼睛，D要怎麼度過呢？她焦急地望著D，他說，他被關在碉堡裡，猛灌高粱酒，一天又一天，都在麻痺中度過，才沒有自殺或殺人。

安娜覺得自己永遠忘不了那一夜，一條短短的街，他們將之走得非常漫長，彷彿人生一瞬，都濃縮在了這條街，那夜深沉到底然後轉向天明，悲傷的故事被傾吐，聆聽，收容，接住，融化開來不知道變成了什麼，卻永遠停駐在這些人的身體裡。

臨別時他們擁抱了對方，抱了又抱，不是情人那種擁抱，而是一種知己的感覺，心中擁堵的安慰話語都說不出口，L眼睛還紅紅的，D的低沉聲音彷彿還在微光的路面飄動，他們在即將天亮的街頭，走進了友誼可以到達的最深處。

那晚回到小套房後小陸大聲痛哭，大吼著，「你發生過那麼痛苦的事為什麼沒有告訴過我，為什麼要選擇在朋友面前突然說出來，讓我不知道怎麼反應。」安娜不知道該怎麼安撫小陸，她只能說，那件事，她從來也沒有告訴過任何人。她都不知道自己為什麼會說出口。

有天他們如期而至，發現妓院歇業了。此後他們轉戰到有露台那家咖啡店，他們稱之為魯米爺，那之後，Y的女友離開了，後來，小陸也離開了。

安娜記得最後一次與小陸跟眾人見面，是她發現小陸外遇之後，小陸與她回到台北，電話裡L對安娜說千萬不要跟小陸分手，她會死的。

他們回到了魯米爺，最後只剩下他們四個人，Y和L陸續安慰，勸慰，後來安娜說她去附近走走，留下小陸與他們對話。安娜走到雪可屋，再往前，就是她們常買衣服那家店，她在店門口大哭，所有往事好像都堆疊到這條街了，這條她最愛的街道，會不會成為她再也無法踏入的道路呢？她要怎麼剝掉密密麻麻覆蓋在這條路上每一家店，每一棵路樹，每一塊石板上她與小陸曾經走踏過的記憶？為什麼要用外遇這樣老套的方式結束這個愛情？她想著，為什麼？可是，為什麼不？她自己做過更背德的事，道德從來不是她關注的主題，或許從頭到尾小陸都不屬於他們，安娜甚至懷疑自己是否理解過小陸？

她站在雪可屋門口，遠遠望向魯米爺，朋友們在加高的露台上聊天，彷彿是一場舞台劇，她想起許久前自己從台中搬到台北，那時孑然一身，身上只有五千塊存款，是這群朋友接住了她，或者他們接住了彼此？在那場葬禮過後，他們想要騙過死神，攔住那一個接一個自死的五年級小說家集體從斷崖往下跳的恐怖氣氛，他們陪伴著彼此從三十幾邁向四十，那些年裡，大家的生命都經歷許多創痛，他們都正在拚命想寫出自己最重要的作品，他們身邊的戀人來了又走，安娜怎麼以為自己會與小陸長久？她一點都不明白自己在痛苦什麼？她與小陸有著比她想像中更深刻複雜的感情牽絆，或許她與這群朋友也是，她是個無情的人，所以她動起感情殺傷力就是這麼強。

他們在勸小陸什麼呢？有用嗎？已經破裂的感情可以追回，能夠挽救嗎？

她遲遲沒有返回那張桌子，而是在這條街巷走逛了起來，這條街是屬於她的，小陸的參與只是豐富了記憶，並沒有壟斷全部的風景。她記起有一次聚會時L談到波赫士，安娜驚訝地發現自己竟然沒有讀過，回家後第二天就搭著公車去書店找，扛回厚厚三大冊波赫士全集。還有大江健三郎，安部公房，柯慈，薩拉馬戈，薩伊德，魯西迪，好多好多書都是聚會後才買回去啃讀的。溫州街的路面上印滿了字，在安娜的記憶裡是這樣的，那些老屋，咖啡店，公園，曲折的巷弄，她好像經常一個人走著，肩上背著書袋，內心激動地想要找一個地方，安靜地讀書。可是路途上又會被某棵路樹吸引，有很多特色咖啡店，但她常去的就是那幾家，可是即使沒有走進去，那些店招依然吸引著她，一整條路上的咖啡店，名字組合起來像是一首詩。

那次的聚會之後，安娜與小陸就散了。

但聚會還在，最後只剩下三個人的聚會，卻依然高密度長時間地進行著，他們總是在魯米爺，後來終於加入了從高雄北上的Ｋ，Ｋ的來到，讓聚會多了更多故事。

然後是二〇〇九年，安娜與昔日戀人青的重逢，事情發生得很快，重逢，戀愛，結婚，都發生在三個月內。她與青在花蓮祕密結婚時朋友為他們拍了影片，回台北後安娜很快就約了ＬＹ，把青介紹給大家，他們在魯米爺的那個陽台上，對著狹小的筆電看結婚影片，ＬＹ兩個男人看得一臉是淚。

「此後我們是一家人了。」Ｌ這樣對青說。後來有一段溫暖的時光，每次聚會，安娜心中都有種不可思議的感覺，自己竟然變成一個安定下來的人了，朋友們都很愛青，她以為自己永遠也不可能安定下來，她曾經以為這輩子再也見不到她心心念念的人。

此時，安娜又在這條街上走動著，她赫然想起自己已經習慣了網路購書，逛書店的次數很少，後來他們轉戰到青田街的咖啡店也已經好多年了，安娜想起自己最苦痛，混亂，迷惘的三十幾歲時光，幾乎都是在這條街上的那幾家咖啡店裡度過的。她也想起那群朋友，聚會的朋友又加入了一些，也減少了幾個，有許多難以言喻的過程，友誼也有成住壞空，或許因為大家都變得更忙了，也或許因為有臉書，不知為何，他們再也沒有寫過那種掏心掏肺的長信了。

安娜看著這一片熟悉卻又陌生的街景，無論多親密，多熟悉，關係無法保證永遠不會改變。一條街與一個人的命運大抵也是如此，街景並非恆常不動的，或許你變了，或許是這條街變了，安娜想著，終於有一天，你以為會一輩子的朋友漸漸淡了，而溫州街，對她來說，也變成了一個與昔日記憶裡大不相同的地方了。

有些事只會發生一次，有些事可以發生很多次，然後再也不會有了。人生長河裡她曾經在一條街上，與那麼多親愛的人在一起，夜那麼深，他們依依不捨地告別，L還要探頭到計程車跟安娜說，「回家後記得打電話」，在計程車上安娜總是很激動，回到家往往還要花很長的時間才能平靜。夜那麼深，彷彿會走進黑暗裡再也出不來，這條街，就像D的那個碉堡，他們說的話，說過的故事，那些擁抱，就像高粱酒灌進身體裡，但得到的不是麻痺，而是一種近似於愛，不，那確實就是愛，一種純度極高的友愛，確實讓她騙過了死神，熬過了最絕望倉皇的歲月。

作者簡介

（依文章順序排列）

羅智成

詩人、作家、媒體工作者。台大哲學系畢業，美國威斯康辛大學東亞所碩士、博士班肄業。著有詩集《畫冊》、《光之書》、《泥炭紀》、《傾斜之書》、《寶寶之書》、《擲地無聲書》、《黑色鑲金》、《夢中書房》、《夢中情人》、《夢中邊陲》、《地球之島》、《透明鳥》、《諸子之書》、《迷宮書店》、《個人之島》等，散文及評論《亞熱帶習作》、《文明初啟》、《南方朝廷備忘錄》、《知識也是一種美感經驗》等。

詹宏志

南投人，台大經濟系畢業。現職PChome Online網路家庭董事長，也是電腦家庭出版集團與城邦出版集團的創辦人。擁有超過四十年媒體經驗，曾任職《聯合報》、《中國時報》、遠流出版公司、滾石唱片、中華電視臺、《商業週刊》等媒體，策劃編輯超過千本書刊，並創辦《電腦家庭》、《數位時代》等四十多種雜誌。二〇〇六年發表首部散文集《人生一瞬》；二〇〇七出版《綠光往事》爬梳家族往事；二〇一五年將旅行與讀書兩大人生志趣的書寫集結，推出詹式風格的《旅行與讀書》。

李桐豪

記者、業餘小說家，出版《絲路分手旅行》、《綁架張愛玲——一人份的上海文學旅遊建議》、《不在場證明》、《紅房子：圓山大飯店的當時與此刻》。

陳嘉新

國立陽明交通大學科技與社會研究所副教授。曾任台大醫院精神部住院醫師、總醫師，桃園居善醫院主治醫師，雙和醫院精神科主治醫師，台北醫學大學醫學系醫學人文科助理教授。取得精神科專科醫師後，於清華大學歷史研究所科技史組取得碩士學位，美國加州大學舊金山分校取得社會學博士學位。

劉梓潔

一九八〇年生，彰化人。作家、編劇，現為逢甲大學人文社會學院助理教授。曾獲聯合文學小說新人獎、林榮三文學獎散文首獎、台北電影節最佳編劇與金馬獎最佳改編劇本。著有散文集《父後七日》、《此時此地》、《愛寫》，短篇小說集《親愛的小孩》、《遇見》，長篇小說《真的》、《外面的世界》、《自由遊戲》、《希望你也在這裡》。

楊富閔

出生台南，寫有作品《花甲男孩》、散文《解嚴後臺灣囝仔心靈小史》、踏查筆記《書店本事：在你心中的那些書店》，以及概念創作《故事書：福地福人居》、《故事書：三合院靈光乍現》與《賀新郎：楊富閔自選集》、《合境平安》。合編《那朵迷路的雲：李渝文集》、《沉思與行動：柯慶明論臺灣現代文學與文學教育》。二〇一七年原著小說《花甲男孩》展開跨界改編，推出電視、電影與漫畫。榮獲「第五十三屆金鐘獎年度最佳戲劇」等獎項；二〇一九年《我的媽媽欠栽培》由台北市立國樂團、TCO合唱團與無獨有偶工作室，聯手製作《臺灣歌劇：我的媽媽欠栽培》。二〇二〇年，楊富閔作品同時獲選「二十一世紀上升星座：一九七〇後台灣作家作品評選（2000-2020）」小說類與散文類。

徐淑卿

鏡文學聲音內容部總監，負責鏡好聽聲音內容平台。曾任中國時報開卷記者。大塊文化企劃主編，派駐北京。中國方所書店文化處總監廣州運營總監。

陳慧

編劇、作家，於香港出生、長大，受教育。從事電影、電台、電視劇、舞台劇及小說創作多年，出版小說、散文二十餘本，小說《拾香紀》獲第五屆香港中文文學雙年獎，並有多篇中、短篇小說改編為影視作品。現為國立台北藝術大學電影創作學系助理教授。

李昂

原名施淑端，台灣鹿港人。二〇〇四年獲法國文化部頒藝術文學騎士勳章，是至今唯一獲此殊榮的華文女作家。多部作品翻譯在美、英、日、德、法、義、瑞典、荷蘭、西班牙、韓、捷克等國出版，二〇二〇年底更有加泰隆尼亞文、阿拉伯文出版。二〇一六年獲頒國立中興大學名譽文學博士學位，並在中興大學設置「李昂文藏館」。作品有《殺夫》、《迷園》、《自傳の小說》、《看得見的鬼》、《北港香爐人人插》、《鴛鴦春膳》、《附身》、《睡美男》、《密室殺人》等多部。

吳崑玉

前親民黨文宣部副主任，淡江大學國際事務與戰略研究所畢業。當過國會助理、大學講師、雜誌副總編輯，也開過公關公司，參與過大小選舉無數。雖然曾任親民黨發言人，但不想以親民黨代言人身分發言，而是以中立評論者的角度出發。

張國立

輔仁大學日本語文學系畢業，曾任《時報周刊》總編輯，得過國內各大文學獎項與金鼎獎，文筆既可詼諧亦可正經，作品涵蓋文學、軍事、歷史、劇本、遊記等各類題材。近期作品：《乩童警探三部曲》、《炒飯狙擊手》、《金陵福：史上第二偉大的魔術師》、《海龍改改》、《一口咬掉人生》、《戰爭之外》、《鄭成功密碼》、《張大千與張學良的晚宴》、《棄業偵探：不會死的人，一直在逃亡的億萬富翁》、《棄業偵探01：沒有嘴巴的貓，拒絕脫罪的嫌疑犯》、《偷眼淚的天使》……等，小說《炒飯狙擊手》已售出北美、尼德蘭（荷蘭）、法國、德國、俄羅斯、土耳其等國外版權。

廖志峰

出生地台北市，居住地基隆市。淡江大學中文系畢，國立台灣師範大學教育學分班結業，曾任廣告公司文案、國會助理、編輯，現任允晨文化發行人。喜歡旅遊、看電影、漫步和攝影。於《文訊》撰寫專欄「書時間」(二〇一二—二〇一四),文章、隨筆散見報章雜誌。著有《秋刀魚的滋味》、《書,記憶著時光》、《流光:我的中年生活》。

夏夏

著有詩集《德布希小姐》、《小女兒》、《鬧彆扭》,小說《末日前的啤酒》、《狗說》、《煮海》、《一千年動物園》,散文集《傍晚五點十五分》、《小物會》,戲劇聽覺作品《契訶夫聽覺計畫》。著有童詩集《有禮貌的鬼》,編選童詩選集《小孩遇見詩:想和你一起曬太陽》、《小孩遇見詩——五個媽媽》。編選《沉舟記——消逝的字典》、《一五一時》詩選集、《氣味詩》詩選集。

孫梓評

一九七六年生，東吳大學中文系，東華大學創作與英語文學研究所畢業。現任職《自由時報》副刊。著有詩集《善遞饅頭》、《你不在那兒》，散文《知影》、《除以一》等。

陶曉嫚

生於一九八六年，台大經濟系畢業，擔綱傳媒業螺絲釘時期跑過財金與政治線，參與過網路媒體的創業，現在致力創作，著有小說《性感槍手》、報導文學《我拿青春換明天：八大行業職場說明書，慾海求生的人物群像》、漫畫編劇《民主星火：1977衝破戒嚴的枷鎖》。

邱比（CHOVBE）

前衛音樂人，目前簽約於滾石唱片公司，近年於海內外世界巡迴演唱達五十場，時有獲獎。

林昆穎

藝術團體「豪華朗機工」共同創辦人，實踐跨域藝術家、設計思維者、科技實驗者、社會觀察者，近年專注於創意組織營運、當代創意論述、聲光機動態編導當中，繼續探索共創合作的跨域呈現。「二〇一七台北世界大學運動會」開幕導演群、聖火裝置藝術家，「二〇一八台中國際花卉博覽會——聆聽花開的聲音」藝術總監、「台北白晝之夜」藝術總監，兩屆「台灣文博會」總策展人，二〇一九年獲得總統文化獎。

淩宗魁

畢業於中原大學建築系、台灣大學建築與城鄉研究所，現為博物館員。著有《福爾摩沙的西洋建築想像》、《臺灣鐵道旅館（1908-1945）特展專書》、《臺北城中故事：

重慶南路街區歷史散步》、《紙上明治村》系列等。

陳柏言

一九九一年生，高雄人，國立台灣大學中國文學研究所博士候選人。曾獲第三十五屆聯合報文學獎短篇小說組大獎，入選九歌年度小說選、「臺灣文學進日本編譯出版計畫」、「二〇二〇年《聯合文學》二十位最受期待的青壯世代華文小說家」等。目前已出版三部小說作品：《夕瀑雨》、《球形祖母》、《溫州街上有什麼？》。

蔣亞妮

摩羯座，狗派女子。二〇一五年出版首部散文《請登入遊戲》（九歌），二〇一七年出版《寫你》（印刻），二〇二〇年出版第三號作品，《我跟你說你不要跟別人說》（悅知）。

張娟芬

國立台灣大學社會系畢業，丹麥奧胡斯大學與德國漢堡大學聯合授予新聞學碩士，德國漢堡大學與匈牙利羅蘭大學聯合授予犯罪學博士。現為台灣廢除死刑推動聯盟理事長。著有《姊妹戲牆：女同志運動學》、《愛的自由式：女同志故事書》、《無彩青春》、《走進泥巴國》、《殺戮的艱難》、《十三姨KTV殺人事件》。最新出版《流氓王信福》。

陳雪

台中人，一九九五年出版第一本小說《惡女書》，著有短篇小說集《惡女書》、《蝴蝶》，長篇小說《惡魔的女兒》、《橋上的孩子》、《陳春天》、《無人知曉的我》、《附魔者》、《迷宮中的戀人》、《摩天大樓》、《無父之城》、《親愛的共犯》、《你不能再死一次》，作品曾改編電影與電視影集。

我台北，我街道 2
那些所有一切的並存

主編　李金蓮
作者　羅智成、詹宏志、李桐豪、陳嘉新、劉梓潔、楊富閔、徐淑卿、陳慧、李昂、吳崑玉、張國立、廖志峰、夏夏、孫梓評、陶曉嫚、邱比、林昆穎、凌宗魁、陳柏言、蔣亞妮、張娟芬、陳雪
攝影　陳建仲

社長　陳蕙慧
總編輯　陳瓊如
行銷企畫　陳雅雯、余一霞、汪佳穎
封面設計　莊謹銘
封面插畫　莊璇
排版　宸遠彩藝

讀書共和國集團社長　郭重興
發行人兼出版總監　曾大福
出版　木馬文化事業股份有限公司
發行　遠足文化事業股份有限公司
地址　231 新北市新店區民權路 108-2 號 9 樓
電話　（02）2218-1417
傳真　（02）2218-0727
Email　service@bookrep.com.tw
郵撥帳號　19588272 木馬文化事業股份有限公司
客服專線　0800-221-029
法律顧問　華洋國際專利商標事務所　蘇文生律師
印刷　呈靖印刷股份有限公司
初版一刷　2022 年 08 月 31 日

定價　450 元
ISBN　9786263142190（紙本）
9786263142374（EPUB）
9786263142367（PDF）

國家圖書館出版品預行編目

我台北，我街道 .2 / 李金蓮主編 . -- 初版 . -- 新北市 : 木馬文化事業股份有限公司出版 : 遠足文化事業股份有限公司發行，2022.08

面； 公分

ISBN 978-626-314-219-0（平裝）

863.3 111009101